Genel Yayın: 2547

STEFAN ZWEIG
SATRANÇ

ÖZGÜN ADI
SCHACHNOVELLE

Sertifika No: 40077

EDİTÖR
RÛKEN KIZILER

GÖRSEL YÖNETMEN
BİROL BAYRAM

GRAFİK TASARIM VE UYGULAMA
TÜRKİYE İŞ BANKASI KÜLTÜR YAYINLARI

I. BASIM OCAK 2013, İSTANBUL
27. BASIM AĞUSTOS 2020, İSTANBUL

ISBN 978-605-360-611-6

BASKI: ALFABE BASIN YAYIN SAN. TİC. LTD. ŞTİ.
İkitelli Osgb Mah. Hürriyet Bulvarı Enkoop Sanayi Sitesi
Enkoop 1.Sokak No:1 Kat:-1 Başakşehir/İstanbul (0212) 485 21 25
Sertifika No: 46012

TÜRKİYE İŞ BANKASI KÜLTÜR YAYINLARI
İstiklal Caddesi, Meşelik Sokak No: 2/4 Beyoğlu 34433 İstanbul
Tel. (0212) 252 39 91 Faks (0212) 252 39 95
www.iskultur.com.tr

ÇEVİREN: AHMET CEMAL

(1942, İstanbul-2017, İstanbul). Sankt Georg Avusturya Lisesi'nden sonra İÜ Hukuk Fakültesi'ni bitirdi. İstanbul Avusturya Kültür Ofisi'nde basın danışmanı olarak çalıştı. İÜ Ed. Fak. Alman Dili ve Edebiyatı Bölümü'nde çeviri dersleri verdi. *Yazko Çeviri* dergisini yönetti. Üniversitelerde elli yıl boyunca Sanat Tarihi, Kültür Tarihi, Estetik, Sanatın Temel Kavramları, Metin Yazımı, Eleştirel Düşüncenin Tarihsel Gelişimi, Tiyatro Tarihi ve Tiyatro Estetiği gibi dersler verdi. Denemeleri *Yaşamdan Çevirdiklerim, Odak Noktasında Yaşananlar, Şeref Bey Artık Burada Yaşamıyor, Aradığımız Tiyatro, Okuyan Gençliğe Mektuplar*, şiirleri *Geçmiş Bir Dua Kitabından*, öyküleri de *Dokunmak* başlıklarıyla yayımlandı. *Cumhuriyet* gazetesinde köşe yazarlığı yaptı. B. Brecht, E. Canetti, S. Zweig, F. Kafka, I. Bachmann, P. Celan, R. M. Rilke, G. Trakl, F. Hölderlin, H. von Kleist, G. Lukacs, A. Seghers, Walter Benjamin, R. Musil, vd. yazarlardan altmışın üzerinde çevirisi yayımlandı.

Modern
Klasikler
Dizisi - 21

Stefan Zweig

Satranç

Almanca aslından
çeviren: Ahmet Cemal

TÜRKİYE İŞ BANKASI
Kültür Yayınları

Satranç

Gece yarısı New York'tan Buenos Aires'e hareket edecek olan büyük yolcu gemisi, kalkış saatinin o alışılagelmiş koşuşturması ve hareketliliği içerisindeydi. Karadan gelen konuklar, arkadaşlarına eşlik etmek için itişip duruyorlardı, kasketlerini yan giymiş telgrafçı çocuklar yüksek sesle adları çağırarak toplantı odaları boyunca seğirtiyorlardı, bavullar ve çiçekler taşınıyordu, çocuklar merakla merdivenlerden aşağı yukarı koşmaktaydılar ve bu arada orkestra da hiç istifini bozmaksızın güverte konserini veriyordu. Ben, bu kalabalığın biraz uzağında, gezinti güvertesinde durmuş, bir tanıdığımla konuşuyordum; tam o sırada yanımızda iki ya da üç kez flaşlar parladı –göründüğü kadarıyla muhabirler, ünlü biriyle kalkıştan (gemi yola çıkmadan) hemen önce röportaj yapmayı ve fotoğraf çekmeyi başarmışlardı. Arkadaşım, oraya baktı ve gülümsedi: "Geminizde ender rastlanabilecek biri de var, Czentovic." Ve herhalde yüz ifademden bu haberden pek bir şey anlamadığım belli oluyordu ki, bir açıklama yapma gereğini duydu: "Dünya satranç şampiyonu Mirko Czentovic. Doğudan batıya bütün Amerika boyunca bir turnuvadan ötekine koştu, şimdi de yeni zaferler için Arjantin'e gidiyor."

Şimdi gerçekten hatırlamıştım bu genç dünya satranç şampiyonunu, dahası, kariyerindeki baş döndürücü yükselişiyle ilgili bazı ayrıntılar da aklıma gelmişti; benden daha dikkatli bir gazete okuru olan arkadaşım, bu ayrıntıları bir sürü anekdotla tamamlayabilecek durumdaydı. Czentovic, yaklaşık bir yıl kadar önce bir çırpıda satranç sanatının Alehin, Capablanca, Tartakower, Lasker, Bogolyubov gibi eski ve en değerli ustalarının arasına yükselivermişti. 1922 yılında New York'ta düzenlenen satranç turnuvasında, yedi yaşındaki harika çocuk Rzescewski'nin ortaya çıkışından bu yana hiç tanınmayan birinin bu şanlı loncaya girişi, hiçbir zaman Czentovic'inki gibi yaygın bir heyecan uyandırmamıştı. Çünkü Czentovic'in entelektüel nitelikleri, asla böylesine parlak bir kariyerin kehanetini destekler gibi gözükmüyordu. Bu satranç şampiyonunun özel hayatında herhangi bir dilde bir cümleyi yazım yanlışları yapmaksızın kâğıda dökebilmekten âciz olduğuna ilişkin sırrın ortaya çıkması gecikmemişti ve öfkeli meslektaşlarından birinin kötücül bir alayla dile getirdiğine göre, "cehaleti bütün alanlarda ortak olmak üzere, evrenseldi". Czentovic, aslen Slav olup Tuna Nehri'nde çalışan ve fındık kabuğu büyüklüğündeki barkası bir gece tahıl yüklü bir şilebin altında kalan, yoksul bir denizcinin oğluydu; o zamanlar on iki yaşında olan oğlanı babasının ölümünden sonra taşrada yaşadığı yerin rahibi acıyarak yanına almıştı; bu iyi yürekli din adamı, ağzını açmaya üşenen, içine kapanık, geniş alınlı çocuğun köy okulunda öğrenemediklerini ona evde verdiği derslerle öğretebilmek için içtenlikle çaba harcamıştı.

Fakat bütün çabalar boşa çıkmıştı. Mirko, kendisine belki yüz kez açıklanmış olan harflere boş gözlerle bakmayı sürdürmüştü; çok ağır çalışan beyni, en basit ders konularını dahi içinde tutabilecek güçten yoksundu. Hesap yapması gerektiğinde, on dört yaşına geldiğinde bile parmaklarının yardımına başvurmak zorunda kalıyordu, bir kitap veya bir gazete okumak ise artık yeniyetmelik yaşına varmış olan çocuk için hâlâ özel bir çaba harcamayı gerektiriyordu. Öte yandan Mirko, kesinlikle isteksiz veya inatçı diye de nitelendirilemezdi. Kendisinden ne istenirse söz dinleyip yapıyordu; su getiriyordu, odun kesiyordu, başkalarıyla birlikte tarlada çalışıyordu, mutfağı derleyip topluyordu ve istenen her hizmeti, insanı kızdıran bir ağır canlılıkla da olsa, güvenilir biçimde yerine getiriyordu. Fakat bu kalın kafalı çocuğun iyi yürekli rahibi en çok kızdıran yanı, sergilediği mutlak anlamdaki umursamazlığıydı. Mirko, kendisinden özel olarak istenmedikçe hiçbir şey yapmıyordu, asla bir soru sormuyordu, öteki oğlan çocuklarıyla oynamıyordu ve açıkça belirtilmedikçe, kendisi için herhangi bir meşguliyet aramıyordu; ev işlerinden verilenleri bitirdikten sonra, otlaktaki koyunların gözlerindekini çağrıştıran o bomboş bakışlarla ve çevresinde olup bitenlerle en ufak bir şekilde ilgilenmeksizin odada öylece oturuyordu. Akşamları rahip uzun köylü piposunu tüttürerek jandarma başçavuşuyla her zamanki üç satranç partisini oynarken, Mirko lüleli sarı saçlarıyla yanlarına çöküyor, ağır gözkapaklarının ardından görünüşte uykulu ve umursamaz ifadeli bakışlarını kareli satranç tahtasına dikiyordu.

Bir kış akşamı, taraflar her akşamki oyunlarına dalmışlarken, köy yolundan doğru bir kızağın küçük çanlarının gittikçe daha hızla yaklaşan sesi duyulmuştu. Kasketi karla örtülü bir köylü acele adımlarla içeriye dalmıştı, yaşlı annesi ölmek üzereydi ve rahipten iş işten geçmeden kadını takdis etmek üzere hemen gelmesini istiyordu. Rahip hiç oyalanmadan onun peşinden gitmişti. Bardağındaki birayı henüz bitirmemiş olan başçavuş ise ayrılmazdan önce veda niyetine yeni bir pipo yakıp uzun konçlu, ağır çizmelerini giymeye davranmıştı; ama tam o sırada Mirko'nun bakışlarının, üstünde yarım kalan oyunun bulunduğu satranç tahtasına ne kadar ısrarlı bir şekilde saplanmış olduğu dikkatini çekmişti.

"E, oyunu bitirmek ister misin bakalım?" diye alay etmişti; uykulu oğlanın tahtadaki tek bir taşın bile nasıl doğru hareket ettirileceğini bilmediğinden kesinlikle emindi. Oğlan, ürkek bir ifadeyle bakışlarını kaldırmış, sonra başını evet anlamında sallamış ve rahibin yerine oturmuştu. On dört hamle sonra başçavuş yenilmişti, ayrıca yenilgisine herhangi bir yanlış hamlenin yol açmadığını da itiraf etmek zorunda kalmıştı. İkinci partinin sonu da farklı olmamıştı.

"Bileam'ın eşeği adına!" demişti yüksek sesle geri döndüğünde rahip ve Kutsal Kitap'ı onun kadar bilmeyen başçavuşa, iki bin yıl önce de benzer bir mucizenin gerçekleştiğini, dilsiz bir canlının ansızın bilgeliğin diliyle konuşuverdiğini açıklamıştı. Ayrıca saatin ilerlemiş olmasına rağmen, okumayı ve yazmayı iyi bildiği söylenemeyecek olan yardımcısına bu defa onunla oynaması için meydan okumaktan da kendini alamamıştı. Mirko, onu da kolayca yenmişti. Eğmiş olduğu alnını satranç tahtasından bir kez bile kaldırmaksızın, kararlı bir ifadeyle, hiç acele etmeden, istifini asla bozmadan oynuyordu. Fakat kendine sarsılmaz bir güveni vardı. Sonraki günlerde gerek başçavuş gerekse rahip ona karşı tek bir partiyi bile kazanmayı başaramamışlardı. Bunun üzerine yetiştirmesinin başkaca alanlardaki geri kalmışlığını herkesten iyi bilebilecek durumda olan rahip, bu tek yanlı ve tuhaf yeteneğin daha zor bir sınava ne ölçüde dayanabileceğini merak etmeye başlamıştı. Mirko'yu biraz olsun insan içine çıkabilir hale getirmek için köyün berberine götürüp saman sarısı ve karmakarışık saçlarını kestirdikten sonra, kızağına alıp kasabaya komşu olan küçük şehre götürdü; şehrin büyük meydanındaki kafede kendisinin deneyim azlığı nedeniyle başa çıkamayacağı azılı satranç oyuncularının toplandıkları bir köşe olduğunu biliyordu. Rahip, sırtında tersyüz edilmiş koyun postundan bir kürk, ayaklarında da ağır, uzun konçlu çizmeler bulunan on beş yaşındaki sarı saçlı ve kırmızı yanaklı oğlanı önüne katarak kahveye soktuğunda, bu olayın devamlı müşterilerde yarattığı şaşkınlık az olmamıştı; oğlan ürkek ve önüne dikilmiş bakışlarla, satranç masalarından birine çağrılana kadar, tedirgin bir şekilde bir köşede kalakalmıştı. İlk partide yenilmişti, çünkü Sicilya açılışı diye adlandırılan açılışı rahibin o güne kadar yaptığını hiç görmemişti. Fakat daha ikinci partide en iyi oyuncuyla berabere kalmıştı. Üçüncü ve dördüncü oyundan sonra ise herkesi birbiri ardına yenmişti.

Küçük bir Güney Slav taşra şehrinde heyecan uyandıran olaylara rastlandığı, çok enderdir; bu yüzden bu köylü şampiyonun ilk ortaya çıkışı, orada toplanmış ileri gelen kişiler için tam bir olay olmuştu. Oybirliğiyle bu harika çocuğun mutlaka ertesi güne kadar şehirde kalmasına karar verilmişti, böylece satranç kulübünün öteki üyeleri de çağrılabilir ve özellikle de bir satranç delisi olan yaşlı Kont Simczic, şatosunda durumdan haberdar edilebilirdi. Yetiştirmesine şimdi çok farklı bir gururla bakan, ancak bu keşfinden duyduğu sevinç yüzünden görevi gereği pazar ayinini de kaçırmak istemeyen rahip, Mirko'yu bir deneme için daha orada bırakmaya hazır olduğunu açıkladı. Genç Czentovic, giderleri satranç çevresine ait olmak üzere otele yerleştirildi ve o akşam hayatında ilk kez sifonlu bir tuvalet gördü. Ertesi pazar gününün öğleden sonrasında satranç salonu tıka basa dolmuştu. Dört saat boyunca hiç hareket etmeden satranç tahtasının başında oturan Mirko, tek kelime etmeksizin veya başını bile kaldırmaksızın, arka arkaya bütün oyuncuları yendi; sonunda bir simultane parti oynanması önerildi. Cahil gence simultane bir partide tek başına birden fazla oyuncuya karşı oynaması gerektiğini anlatabilmek, biraz zaman almıştı. Fakat Mirko bu uygulamayı kavrar kavramaz hemen yapması gereken şeyle uyum sağlamış, ağır ve gıcırdayan çizmeleriyle ağır ağır masaları dolaşmış, sonunda da sekiz oyundan yedisini kazanmıştı.

Bunun üzerine kapsamlı görüşmeler başladı. Gerçi bu yeni şampiyon dar anlamda şehirden biri değildi, fakat yörenin ulusal gururu artık iyice körüklenmişti. Varlığını o güne kadar harita üzerinde hemen hiç kimsenin algılamamış olduğu bu küçük kent, belki de şimdi tarihinde ilk kez dünyaya ünlü bir adamı göndermiş olmanın onurunu kazanabilirdi. Normalde garnizonun kabaresi için şanson şarkıcıları ve başkaca kadın şarkıcılar bulmak için aracılık eden Koller adında bir ajan, bir yıllık ödeme önceden yapıldığı takdirde genç Mirko'nun Viyana'da, tanıdığı genç ve mükemmel bir ustadan satranç eğitimi görmesini sağlamaya hazır olduğunu söylemişti. Altmış yıl boyunca her gün satranç oynamış, ama bu kadar tuhaf bir hasımla hiç karşılaşmamış olan Kont Simczic, parayı derhal ödemişti. Gemicinin oğlunun şaşırtıcı kariyeri de o günle birlikte başlamıştı.

Altı ay sonra Mirko, satranç tekniğinin bütün sırlarına hâkim olmuştu, fakat sonradan satranç çevrelerinde çok gözlemlenen ve alay konusu olan tuhaf bir istisna bunun dışındaydı. Çünkü Czentovic, tek bir satranç partisini bile ezbere –veya teknik terimiyle söylendiğinde: körleme– oynamayı asla başaramamıştı. Satrancın oynandığı alanı imgelemin sınırsız uzamına taşıyabilme yeteneğinden tümüyle yoksundu. Siyah beyaz alanı, altmış dört karesi ve otuz iki taşıyla birlikte hep elle tutulur gözle görülür somutlukta önünde bulundurmak zorundaydı; dünya çapında üne eriştikten sonra bile, katlanabilir bir cep satrancını, şampiyonada oynanmış bir partiyi yeniden kurgulamak veya bir problemi kendi için çözmek istediğinde durumu optik açıdan önünde görebilsin diye, hep yanında taşıyordu. Kendi başına ele alındığında önemsiz olan bu kusur, imgelem gücü bağlamında bir eksikliği ele veriyordu ve dar çevrelerde, sanki müzisyenler arasında olağanüstü bir virtüöz veya orkestra şefi önünde nota bulunmaksızın çalamamış ya da yönetememiş gibi, hararetle tartışılıyordu. Ancak bu ilginç özellik, Mirko'nun şaşırtıcı yükselişini kesinlikle yavaşlatmamıştı. On yedi yaşında bir düzine satranç ödülünün sahibi olan Mirko, on sekiz yaşında Macaristan satranç şampiyonluğunu ve nihayet yirmi yaşında da dünya satranç şampiyonluğunu kazanmıştı. Her biri entelektüel yetenek, imgelem gücü ve soğukkanlılık bakımından ondan ölçülemeyecek kadar üstün olan en gözü pek şampiyonlar, tıpkı Napoléon'un ağır kanlı General Kutuzov'a, Hannibal'in de Fabius Cunctator'a yenilmesi gibi –o Fabius Cunctator ki, tarihçi Livius onun da çocukluğunda Mirko gibi aşırı bir ağır canlılık ve aptallık belirtileri sergilemiş olduğunu yazmıştır–, Mirko'nun yılmak nedir bilmeyen ve buz gibi mantığı karşısında yenik düşmüşlerdi. Böylece satranç şampiyonlarının, içerisinde –filozoflar, matematikçiler, her şeyi ölçüp biçebilen, düş gücüne sahip, çoğu kez yaratıcı kişilikler gibi– entelektüel üstünlüğü simgeleyen çok çeşitli tipleri barındıran seçkinler galerisine ilk kez olarak tinsel dünyanın bütünüyle dışından biri, en pervasız gazetecilerin bile ağzından habercilik değeri taşıyan tek bir sözcük almayı başaramadıkları ağır canlı, ağzını açmaya üşenen bir köylü genci zorla girmiş oluyordu. Öte yandan Czentovic, gazetelerden ustaca dile getirilmiş özlü sözler adına esirgediklerini kısa zamanda kendine ait anekdotlarla fazlasıyla dengelemeye başlamıştı. Çünkü eşsiz bir ustalığı sergilediği satranç tahtasının başından kalktığı an, umarsız bir şekilde grotesk ve neredeyse komik bir figür olup çıkıyordu; son derece resmi görünüşlü siyah takım elbisesine, üstünde biraz fazla göze batan inci bir iğnenin bulunduğu şatafatlı kravatına ve özenle manikür yaptırılmış parmaklarına rağmen, oturup kalkmasıyla ve hareketleriyle bir zamanlar rahibin odasını süpüren kuş beyinli taşra çocuğundan farksızdı. Beceriksizce ve neredeyse utanmazca denilebilecek bir kabalıkla, bir yandan meslektaşlarının eğlencesi olarak ama öte yandan da onları öfkelendirir biçimde, yeteneğini ve ününü, pintice ve dahası bayağı bir açgözlülük sergileyerek cebini olabildiğince doldurmak için kullanıyordu. Durmadan bir şehirden ötekine gidiyor, hep en ucuz otellerde kalıyor, istediği ücret kabul edildiği sürece düzeyli düzeysiz ayrımı yapmadan en berbat derneklerde bile oynuyor, resmini sabun reklamlarında kullandırtıyordu; bu arada onun üç cümleyi bile doğru yazabilecek durumda olmadığını çok iyi bilen rakiplerinin alaylarına zerre kadar aldırmaksızın, adını *Satrancın Felsefesi* başlıklı bir kitabın yazarı diye kullanılmak üzere satmıştı; gerçekte ise kitabı Galiçyalı sıradan bir üniversite öğrencisi işini bilen bir yayıncı için kaleme almıştı. Mirko, bütün inatçı yaradılışlar gibi her türlü gülünç düşme duygusundan yoksundu; dünya satranç şampiyonasındaki zaferinden beri kendini dünyanın en önemli insanı sayıyordu; bütün o zeki, entelektüel, göz kamaştırıcı konuşmacıları ve yazarları kendi alanlarında yenmiş olmanın bilinci ve özellikle de onlardan daha fazla para kazandığı olgusu, başlangıçtaki kendine güvensizliğin kaskatı ve çoğu zaman herkesin gözüne sokarcasına sergilenen bir gurura dönüşmesine yol açmıştı.

"Böylesine boş bir kafanın bunca çabuk gelen bir ünden sarhoş olmaması düşünülebilir miydi?" diye noktaladı bana daha biraz önce Czentovic'in çocukça yetersizliğine ilişkin bazı klasik örnekler anlatmış olan arkadaşım. "Banat'tan gelme bir köylü gencin, ansızın bir tahta üstünde birkaç taşı birazcık oraya buraya oynatmakla bütün köyünün odunculuktan ve en yorucu işlerden bir yılda kazandığını bir haftada kazanması durumunda kendini beğenmişlikten başının dönmemesi diye bir şey olabilir mi? Hem ayrıca, bu dünyada bir zamanlar bir Rembrandt'ın, bir Beethoven'in, bir Dante'nin, bir Napoléon'un yaşadığı hakkında en ufak bilgisi bulunmayan birinin kendini büyük bir insan sayması son derece kolay değil midir? Bu gencin dünyaya kapalı beyninde bildiği tek şey, aylardan beri hiçbir satranç oyununu kaybetmemiş olduğu ve dünyamızda satrancın ve paranın dışında daha başka değerlerin de bulunduğunu bilmediğinden, kendine hayranlık duymak için her türlü nedeni var."

Arkadaşımın bu açıklamaları, merakımı uyandırmakta geciktirmedi. Hayatım boyunca tek bir düşünceye saplanıp kalmış, monoman insanların her türü hep dikkatimi çekmiştir, çünkü bir insan kendini sınırladığı ölçüde sonsuzluğa da yaklaşmış demektir; özellikle dünyaya sırt çevirmiş gibi gözüken bu tür insanlar, özel malzemeleriyle kendilerine karıncalar gibi tuhaf ve gerçekten bir defaya özgü küçük bir dünya modeli inşa ederler. Bu durumda ben de, Rio'ya kadarki on iki günlük yolculuk sırasında entelektüel tek boyutluluğun bu tuhaf türünü daha yakından büyüteç altına alma niyetimi saklamadım.

Gelgelelim, "Bu konuda pek şansınız olmayacak," diye uyardı arkadaşım. "Çünkü bildiğim kadarıyla bugüne kadar kimse Czentovic'den en ufak bir psikolojik malzeme elde etmeyi başaramadı. Bu kurnaz köylü, uçsuz bucaksız sınırlılığının arkasında, hiçbir açık vermemek gibi büyük bir akıllılığı saklıyor ve bunu da, küçük lokallerde buluştuğu, kendi çevresinden gelme memleketlileriyle yaptıklarının dışında her türlü konuşmadan kaçınmak gibi basit bir teknik kullanarak yapıyor. Kültürlü bir insanın varlığını hissettiği yerde de salyangoz kabuğunun içine çekiliyor; bu yüzden kimse, herhangi bir zaman ondan aptalca bir söz duymuş veya bilgisizliğinin sınırsız olduğu söylenen derinliğini ölçebilmiş olmakla övünemez."

Arkadaşım gerçekten de haklı çıkacaktı. Yolculuğun ilk günlerinde Czentovic'e, benim tarzım olmayan kaba bir ısrara başvurulmadığı sürece yaklaşabilmenin kesinlikle imkânsız olduğu anlaşılmıştı. Gerçi Mirko'nun bazen gezinti güvertesinde dolaştığı oluyordu, ama bunu her zaman, o bilinen resmindeki Napoléon gibi, ellerini arkasında kavuşturmuş ve kibirli bir şekilde, kendi içine çekilmiş tavırla yapıyordu; ayrıca felsefesini gezinirken öğreten Aristoteles'i çağrıştıran güverte turunu öylesine acele ve öne sıçrarcasına adımlarla tamamlıyordu ki, ona hitap etmek isteyenin bu işi koşar adım yapması gerekirdi. Herkesin toplandığı mekânlarda, barda veya sigara salonunda ise Czentovic hiçbir zaman kendini göstermiyordu; gizlice sormam üzerine kamarotun verdiği bilgiye göre, günün büyük bölümünü, kocaman bir yatağın üstünde satranç partilerini talim etmek veya özetlemek için, odasında geçirmekteydi.

Aradan üç gün geçmişti ve Mirko'nun ustaca savunma tekniğinin ona yaklaşma irademden daha başarılı olması beni gerçekten öfkelendirmeye başlamıştı. O güne kadar hayatımda bir satranç şampiyonuyla şahsen tanışma fırsatım hiç olmamıştı ve şimdi böyle bir tipi bir kişide somutlaştırmak için çaba harcadığım ölçüde, bütün bir hayat boyunca sadece altmış dört siyah ve beyaz karenin etrafında dolanıp duran bir beyin çabasını anlaşılmaz buluyordum. Gerçi kendi deneyimlerimden bu "kralların oyunu" denilen oyunun esrarlı çekiciliği konusunda bilgi sahibiydim; satranç, insanoğlunun icat ettiği öteki bütün oyunlar arasında kendini bağımsızca rastlantının her türlü tiranlığının dışında tutan ve zafer taçlarını yalnızca tine ya da daha doğru bir deyişle, tinsel yeteneğin belli bir türüne sunan tek oyundu. Fakat insan daha satrancı bir oyun diye adlandırmakla, kendini hakaret etmek anlamını taşıyan bir küçümsemenin vebali altına sokmuş olmuyor muydu? Aslında satranç da bir bilimdi, bir sanattı, Hazreti Muhammet'in gökyüzü ile yeryüzü arasındaki boşlukta bulunan tabutu gibi, bu kategoriler arasında boşlukta dolanmaktaydı, karşıtlıklardan oluşma bütün çiftlerin bir defaya özgü birleşmesiydi; sonsuz eski, ama buna rağmen sonrasız yeniydi, kuruluşu bağlamında mekanikti, ama yalnızca imgelem gücü aracılığıyla etkinlik kazanabiliyordu, geometrik açıdan kaskatı bir uzamla sınırlıydı ve bu arada kombinasyonları bağlamında sınırsızdı, kendini sürekli geliştiriyordu, ama durağandı, hiçbir yere götürmeyen bir düşünme eylemiydi, hiçbir şey hesaplamayan bir matematikti, eserleri bulunmayan bir sanattı, özden yoksun bir mimariydi, fakat öte yandan, kanıtlanmış olduğu üzere, varlığı ve oluşu açısından bütün kitaplardan ve eserlerden daha kalıcıydı, bütün halklara ve zamanlara ait bulunan, can sıkıntısını öldürmek, duyuları bilemek, ruhu gergin tutmak için dünyaya hangi tanrının getirdiği kimsece bilinmeyen tek oyundu. Başlangıcı ve sonu neredeydi bu oyunun? İlk kurallarını her çocuk öğrenebilirdi, her beceriksiz onunla şansını deneyebilirdi, ama öte yandan aynı oyun, o değiştirilebilmesi olanaksız sınırlılıktaki kare içerisinde ustalardan oluşma özel bir tür üretebiliyordu; bunların başkaca ustalarla karşılaştırılabilmesi olanaksızdı, hepsi de yalnızca satranç için öngörülmüş bir yetenekle donatılmıştı, kişiliklerinde vizyonun, sabrın ve tekniğin, tıpkı matematikçide, yazar ve şairde, müzisyende olduğu gibi, sadece farklı kesitlerde ve bağlantılar içerisinde olmak üzere, kesin bir biçimde belirlenmiş bir oran çerçevesinde etkinlik sergilediği, özel türden dâhilerdi. Fizyonominin[1] bir tutku olduğu daha erken zamanlarda bir Gall[2], belki de böyle satranç ustalarının beyinlerine otopsi yapar, bu tür satranç dehalarının beyinlerinin gri kitlesi içerisinde, başka kafataslarının içiyle karşılaştırıldığında, özel bir kıvrımın, bir tür satranç kasının veya satranç çıkıntısının daha belirgin biçimde bulunup bulunmadığını saptamaya çalışırdı. Ve Czentovic'de olduğu üzere, bunca özgül bir dehanın, elli kilo taşın arasında sıkışmış tek bir altın kıl gibi entelektüel bağlamda mutlak bir tembelliğin içine hapsolmuş izlenimini uyandırdığı bir olay, bir fizyonomi uzmanına kim bilir ne kadar çekici gelirdi! Böylesine eşsiz, böylesine dâhiyane bir oyunun zorunlu olarak kendine özgü matadorlar yaratacağı, benim için ilke bağlamında eskiden beri anlaşılır bir olguydu, buna karşılık bütün dünyanın kendisi için sadece siyah ile beyaz arasında uzanan daracık ve tek yönlü bir yola indirgendiği, sıkışıp kaldığı, beyni çalışan bir insanın, hayatının zaferlerini sadece otuz iki adet taşın oraya buraya, ileriye ve geriye itilmesinde arayan, yeni bir

---

1 Fizyonomi: Yüz özelliklerinden ve ifadesinden kişiliği okuyabilme. 18. ve 19. yüzyıllarda çok yaygındı. (ç.n.)

2 Franz Josef Gall (1758-1828): Alman doktor. Kafanın biçiminin tinsel özellikleri ortaya koyduğunu öngören bir tür kafatası öğretisi geliştirmişti. (ç.n.)

açılışta piyon yerine atı seçmeyi bile büyük bir iş sayan ve zavallı ölümsüzlüğünü bir satranç kitabının herhangi bir köşesine sıkışmış olarak gören bir insanın, çıldırmadan on yıl, yirmi yıl, otuz yıl, kırk yıl boyunca düşünme gücünün tamamını sürekli olarak tahtadan yapılma bir şahı bir satranç tahtasında köşeye sıkıştırmak gibi gülünç bir manevraya harcayabilen bir insanın bulunabileceğini kafada canlandırmak ne kadar güç, dahası ne kadar imkânsızdı!

Ve işte şimdi böyle bir olay, böyle tuhaf bir dâhi veya böylesi bir esrarengiz çılgın, mekân bağlamında hayatımda ilk kez çok yakınımdaydı, aynı gemide altı kabine ötedeydi ve tinsel konularda duyduğu merak hep bir tür tutkuya dönüşen zavallı ben, ona yaklaşamayacaktım. Kafamdan en saçma sapan numaraları geçirmeye başladım: Örneğin önemli bir gazete için sözde bir röportaj olasılığı varmış gibi davranarak gururunu okşayabilirdim veya İskoçya'da kazancı bol bir turnuva önererek açgözlülüğünü kışkırtabilirdim. Ama sonunda avcıların yaban horozunu kendilerine çekmek için uyguladıkları en iyi tekniğin onun çiftleşmek için ötüşünü taklit etmek olduğunu hatırladım; bir satranç şampiyonunun dikkatini üzerine çekmek için insanın kendisinin satranç oynamasından daha etkili bir yol düşünülebilir miydi?

Fakat öte yandan hayatım boyunca hiçbir zaman ciddi anlamda bir satranç sanatçısı olmamıştım ve bunun basit bir nedeni vardı; satrançla hep öylesine ve yalnızca vakit geçirmek için ilgilenmiştim; bir saat için satranç tahtasının başına geçtiğimde, bunu asla kafamı yormak için değil, tam tersine, ruhsal gerilimden kurtulmak için yapıyordum. Satrancı, sözcüğün gerçek anlamında "oynuyordum", oysa ötekiler, yani gerçek satranç oyuncuları, işi ciddiye alıyorlardı.[3] Satranç için, tıpkı aşkta olduğu gibi, bir partnerin varlığı şarttır ve ben o sırada gemide bizim dışımızda başkaca satrançseverlerin bulunup bulunmadıklarını bilmiyordum. Onları inlerinden dışarıya çekmek için, sigara salonunda ilkel bir tuzak kurdum ve karımla birlikte, benden daha zayıf bir oyuncu olmasına rağmen, gösteriş amacıyla bir satranç tahtasının başına oturdum. Ve gerçekten de, daha altı hamle bile yapmamıştık ki, yanımızdan geçmekte olan biri durdu, bir ikincisi de seyretmek için izin istedi: ve sonunda gelmesini istediğim partner de ortaya çıktı ve beni bir parti satranç oynamaya davet etti. Adı McConnor'dı ve İskoçyalı bir yeraltı inşaatları mühendisiydi, duyduğum kadarıyla o güne kadar Kaliforniya'da yaptığı petrol sondajlarıyla bir servet kazanmıştı; dış görünüşüyle iriyarı bir adamdı, çene kemikleri güçlüydü, neredeyse kare biçiminde ve sertti, dişleri sağlamdı, dolgun bir yüz rengi vardı, bu yüzdeki belirgin kızılımsı ton, büyük bir olasılıkla, en azından kısmen, bolca viski tüketiminden kaynaklanmaydı. Dikkati çekecek kadar geniş, neredeyse atletik denilebilecek kadar canlı omuzları ne yazık ki oyun sırasında da bir karakter özelliği niteliğiyle belirginleşiyordu, çünkü bu Mister McConnor, en önemsiz bir oyunda yenik düşmeyi bile kişilik bilinçlerine yönelik bir aşağılama sayan, başarıyı saplantıya dönüştürmüş megalomanlardandı. Hayatta kimsenin gözünün yaşına bakmaksızın kendi-

3 Burada "ciddiye alıyorlardı" söylemiyle yaklaşık bir çeviri yapılmıştır, çünkü yazarın kullandığı "ernsten" sözcüğüne Türkçede tek sözcükle karşılık bulmak olanaksızdır. (ç.n.)

ni kabul ettirmeye alışmış ve somut başarılardan dolayı şımarmış olan bu Selfmademan'in üstünlük duygusu öylesine iliklerine işlemişti ki, karşılaştığı her direniş onu yakışık almaz bir isyan ve neredeyse hakaret gibi heyecanlandırıyordu. İlk partiyi kaybettiğinde, suratı asıldı ve bunun ancak anlık bir dikkatsizlik sonucu meydana gelmiş olabileceğini ayrıntılı ve diktatörce bir ifadeyle anlatmaya başladı, üçüncü yenilgide ise başarısızlığından yandaki salonun gürültüsünü sorumlu tuttu; hiçbir partiyi anında rövanş talep etmeden kaybetmeye hazır değildi. Başlangıçta bu yükselme tutkusuyla yoğrulmuş sinirlilik halini eğlenceli buldum; sonunda ise yalnızca asıl amacımın, yani dünya şampiyonunu masamıza çekme niyetimin kaçınılmaz bir yan sonucu saymaya başladım.

Üçüncü gün amaç gerçekleşti, fakat sadece yarı yarıya. Czentovic belki bizi gezinti güvertesinin penceresinden satranç tahtasının başında otururken görmüş olabilirdi veya belki de sigara salonunu salt rastlantı sonucu varlığıyla onurlandırmıştı –her neyse, bizim gibi amatörlerin onun sanatını icra etmekte olduklarını görünce, ister istemez bir adım yaklaştı ve bu uygun mesafeden satranç tahtamıza sınayan bir bakış yöneltti. O anda hamle sırası McConnor'daydı. Ve anlaşıldığı kadarıyla bu tek hamle bile Czentovic'e, acemice çabalarımızı daha fazla izlemenin şampiyonluktan kaynaklanan ilgisi için ne kadar yakışık almaz olduğunu anlatmaya yetti. Bizlerden birinin bir kitapçı dükkânında önerilen değersiz bir polisiye romanı sayfalarını bile karıştırmadan bir yana bırakmamız gibi, Czentovic de masamızdan uzaklaştı ve sigara salonundan çıktı. İnceledi ve çok hafif buldu, diye düşündüm, o buz gibi, aşağılayıcı bakıştan ötürü biraz öfkelenmiştim ve keyifsizliğimi azaltmak için McConnor'la konuştum:

"Görünüşe bakılırsa hamleniz, şampiyonda pek hayranlık uyandırmadı."

"Hangi şampiyonda?"

Ona, biraz önce yanımızdan geçip giden ve oyunumuza onaylamayan bir ifadeyle bakmış olan beyin, satranç şampiyonu Czentovic olduğunu açıkladım. Ama, diye ekledim, sonunda ölüm yok ya, ikimiz nasılsa bunu da atlatırız ve şampiyonun o seçkinlere özgü aşağılamasına boyun eğmenin bir çaresini buluruz; bizim gibiler, bulduklarıyla yetinmek zorundadırlar. Gelgelelim rahat bir ifadeyle yaptığım bu açıklama, McConnor'da beklenmedik bir etki yaratarak beni şaşırttı. Hasmım derhal çok heyecanlandı, oyunumuzu unuttu ve rekabet tutkusu neredeyse duyulurcasına bir nabız gibi atmaya başladı. Czentovic'in de gemide bulunduğundan haberi yoktu ve Czentovic mutlaka kendisiyle oynamalıydı. Hayatında o güne kadar bir defanın dışında, o da kırk kişiyle birlikte bir kişiye karşı oynadıkları bir simultane satranç partisinin dışında, asla bir dünya şampiyonuna karşı oynamamıştı; o oyun bile çok heyecanlı geçmişti ve kazanmasına ramak kalmıştı. Acaba bu satranç şampiyonunu şahsen tanıyor muydum? Olumsuz cevap verdim. Onunla konuşup bize katılmasını isteyebilir miydim? Czentovic'in bildiğim kadarıyla yeni tanışıklıklara pek açık olmadığı gerekçesiyle reddettim. Ayrıca, bizim gibi üçüncü sınıf oyuncularla uğraşmanın bir dünya şampiyonu için ne gibi bir çekiciliği olabilirdi ki?

Oysa aslında üçüncü sınıf oyuncular gibi bir söylemi McConnor kadar hırslı bir adamla konuşurken kullanmamam gerekirdi. McConnor öfkeyle arkasına yaslandı ve kaba bir ifadeyle Czentovic'in bir centilmenden gelen kibar bir daveti geri çevireceğine şahsen inanmadığını, kendisinin böyle bir şeyin olmamasını sağlayacağını söyledi. İsteği üzerine ona dünya şampiyonu hakkında kısaca bazı kişisel bilgiler verdim ve McConnor bunun hemen ardından, bizim oyunumuzu ortada bırakarak, engel olamadığı bir sabırsızlıkla Czentovic'in arkasından gezinti güvertesine koştu. Bana gelince, böylesine geniş omuzlara sahip birinin herhangi bir konuda iradesini seferber ettiğinde engellenemeyeceğini bir kez daha hissediyordum.

Epey gergin bekledim. McConnor on dakika sonra döndü, pek rahatlamış gibi görünmüyordu.

"Ne oldu?" diye sordum.

"Haklıymışsınız," diye cevap verdi biraz öfkeli bir ifadeyle. "Çok hoş bir insan olduğu söylenemez. Kendimi tanıttım, kim olduğumu açıkladım. Bana elini bile vermedi. Bize karşı simultane bir parti oynadığı takdirde hepimizin, yani gemide bulunanların bundan ne kadar gurur ve onur duyacağımızı anlatmaya çalıştım. Fakat o, katı tavrını değiştirmedi; üzüldüğünü, ama acentesi ile arasında bütün turnesi boyunca ücret almadan oynamasını kesinlikle yasaklayan sözleşmeden kaynaklanma yükümlülüklerinin bulunduğunu söyledi. En düşük ücreti parti başına iki yüz elli dolarmış."

Güldüm. "Siyah ve beyaz taşları hareket ettirmenin bunca kazançlı bir iş olabileceğini aslında düşünemezdim bile. Bu durumda herhalde siz de kibarca ayrıldınız."

Fakat McConnor ciddiyetini hiç bozmadı. "Oyun için yarın öğlenden sonra saat üç kararlaştırıldı. Burada, sigara salonunda. Umarım karşısında hemen darmadağın olmayız."

"Nasıl? Onun iki yüz elli dolarına razı oldunuz, öyle mi?" diye bağırdım büyük bir şaşkınlıkla.

"Neden olmasın? Sonuçta ipler onun elinde. Eğer dişim tutsaydı ve gemide tesadüfen bir diş doktoru bulunsaydı, ondan da dişimi bedava çekmesini isteyemezdim. Adam yüksek fiyatlar istemekte çok haklı; her alanda konuyu gerçekten bilenler aynı zamanda en iyi işadamlarıdırlar. Bana gelince, bir iş ne kadar açık ve seçikse o kadar iyidir. Bay Czentovic diye birinden bir lütuf istemektense ve üstelik sonunda bir de ona teşekkür etmek zorunda kalmaktansa, para vermeyi yeğlerim. Ona bakarsanız kendi kulübümüzde bir akşamda iki yüz elli dolardan fazla kaybettiğim de oldu ve üstelik hiçbir zaman bir dünya şampiyonuyla oynamadım. 'Üçüncü sınıf' oyuncular için bir Czentovic'e yenik düşmek ayıp değildir."

"Üçüncü sınıf oyuncu" gibi masum bir sözle McConnor'ın gururunu ne kadar derinden incitmiş olduğumu fark etmek, eğlenceli gelmişti. Fakat bu pahalı şakanın bedelini ödemeye hazır olduğundan, sonuçta o tuhaf adamla amaçladığım tanışmayı sağlayacak hırsını uygunsuz biçimde seferber etmesine bir itirazım yoktu. O zamana kadar kendilerini satranç oyuncuları diye tanıtmış olan dört ya da beş beyi ertesi günkü olaydan hemen haberdar ettik ve gelip geçenler tarafından olabildiğince az rahatsız edilelim diye yalnız kendi masamızı değil, fakat komşu masaları da maç için ayırttık.

Ertesi gün küçük grubumuz kararlaştırılan saatte eksiksiz toplanmıştı. Şampiyonun karşısına rastlayan orta yer doğal olarak McConnor'a bırakılmıştı; McConnor birbiri ardına iri purolar yakarak ve tedirgin bir ifadeyle ikide bir saatine bakarak gerginliğini azaltmaya çalışıyordu. Fakat dünya şampiyonu hepimizi –arkadaşımın anlattıklarından sonra böyle bir şey yapacağını sezmiştim– rahat bir on dakika bekletti, ama gelişi bu yüzden daha bir ağırlık kazandı. Sakin ve rahat bir ifadeyle masaya yaklaştı. Kendini tanıtmaksızın –bu kabalık, sanki, 'Benim kim olduğumu biliyorsunuz, sizlerin kim olduğunuz ise beni ilgilendirmiyor,' der gibiydi–, uzmanlara özgü kuru bir ifadeyle teknik ayrıntıları sayıp dökmeye başladı. Gemide satranç tahtalarının eksikliği nedeniyle simultane bir parti düzenlemenin olanaksızlığı karşısında, hepimizin kendisine karşı ortak oynamamızı öneriyordu. O, her hamlesinden sonra bizim görüşmelerimizi rahatsız etmemek için salonun sonundaki bir başka masaya gidecekti. Biz karşı hamlemizi yaptıktan sonra da, ne yazık ki bir masa çanı bulunmadığından, kaşıkla bir bardağa vuracaktık. Czentovic, farklı bir isteğimiz olmadığı takdirde azami hamle süresi olarak on dakika öneriyordu. Doğal olarak ve ürkek öğrenciler gibi her öneriye katıldık. Renk seçiminde Czentovic'e siyah taşlar düştü; Czentovic, oturmaya bile gerek duymaksızın ilk karşı hamlesini yaptı ve ondan sonra hemen kendisinin önermiş olduğu bekleme yerine gitti, rahatça dayanıp resimli bir dergiyi karıştırmaya başladı.

Parti üzerine bir şeyler anlatmanın bir anlamı olmayacak; oyun, doğal olarak nasıl bitmesi gerekiyorsa öyle, yani bizim kesin yenilgimizle ve üstelik daha yirmi dördüncü hamlede son buldu. Bir dünya satranç şampiyonunun yarım düzine orta veya ortanın altı düzeydeki oyuncuyu elinin tersiyle silip süpürüvermesi aslında şaşırtıcı değildi; olayın hepimizin nevrini döndüren yanı, Czentovic'in işimizi elinin tersiyle bitiriverdiğini bize çok açık ve seçik hissettiren, üstten bakar tavrıydı. Her defasında tahtaya görünüşte sadece şöyle bir üstünkörü bakıyor, bizleri ise sanki tahtadan yapılma figürlermişiz gibi neredeyse görmezlikten geliyordu ve bu densizce davranışı ister istemez uyuz bir köpeğe ona bakmaksızın bir parça ekmek atan birinin davranışını çağrıştırıyordu. Oysa bence biraz daha incelik gösterebilir ve yanlışlarımız konusunda dikkatimizi çekebilir ya da dostça bir iki kelimeyle bizi yüreklendirebilirdi. Fakat insanlıktan yoksun bu satranç robotu oyunun bitmesinden sonra da tek hece söylemedi ve "mat" dedikten sonra, masanın başında hiç hareket etmeksizin kendisinden ikinci bir parti istenecek mi diye bekledi. Ben, insanın bunca vurdumduymaz bir kabalık karşısında her zaman hissettiği âcizlik duygusuyla, son bulan bu dolar işiyle birlikte en azından benim açımdan tanışmamızdan kaynaklanan memnuniyetin son bulduğunu belli etmek üzere tam ayağa kalkmıştım ki, yanımdan McConnor'ın çok kısık bir sesle şöyle dediğini duyarak öfkelendim: "Rövanş!"

Bu meydan okuyan ton karşısında neredeyse korkuya kapılmıştım; McConnor o anda gerçekten de kibar bir centilmenden çok yumruğunu indirmek üzere olan bir boksörmüş izlenimini uyandırmıştı. İster Czentovic'in bizleri layık gördüğü nahoş muameleden, ister kendi hastalıklı saplantısından kaynaklanmış olsun –McConnor artık tümüyle farklı bir kişiliğe bürünmüştü. Yüzü alnındaki saçlara kadar kıpkırmızı kesilmiş, burun delikleri de içten gelen basınçla iyice gerilmiş olarak gözle görülür şekilde terlemekteydi, ısırmakta olduğu dudaklarından başlayan bir kırışık, keskin bir çizgiyle savaşırcasına öne uzanmış olan çenesine doğru iniyordu. Kapıldığım tedirginlik içerisinde, gözlerinde o engellenemeyen tutkunun parıltılarını yakaladım; bu tutku, yalnızca rulet masasında, altıncı veya yedinci kez ve her defasında bahis ikiye katlanarak oyuna girilmesinden sonra beklenen rengin hâlâ gelmemesi durumunda insanları pençesine alan tutkuydu. O anda biliyordum ki, kazanma hırsıyla yanıp tutuşan bu çılgın, bütün servetine mal olsa bile, bir kez olsun tek bir parti kazanıncaya kadar oynayacak, oynayacak, oynayacaktı ve bazen ortadaki parayla yetinecek bazen de miktarı iki katına yükseltecekti. Czentovic dayanabildiği takdirde, McConnor'ın şahsında Buenos Aires'e kadarki yolculuk sırasında birkaç bin dolar küreyebileceği bir altın madeni bulmuş sayılırdı.

Czentovic, istifini bozmadı. "Lütfen," diye cevap verdi kibarca. "Şimdi siyahlarla oynama sırası beylerde."

İkinci oyun da değişik bir görünüm sergilemedi, sadece birkaç meraklının eklenmesiyle bizim çevremiz büyümekle kalmayıp, daha bir canlandı. McConnor bakışlarını satranç tahtasına öylesine ısrarla dikmişti ki, sanki taşları iradesiyle manyetik bir etki altına almak ister gibiydi; ona bakarken, kendini beğenmiş hasmının yüzüne karşı zevkten kendinden geçmiş bir halde "Mat!" diye bağırabilmek için bin doları da rahatça feda edebileceğini hissediyordum. Bu arada onun öfkeli heyecanının birazı tuhaf bir biçimde ve farkına varmaksızın bizlere de geçmekteydi. Tek tek her hamle şimdi daha öncesiyle karşılaştırılamayacak kadar heyecanla tartışılıyordu, Czentovic'i masamıza geri çağırma işaretini verme konusunda karara varmazdan önce, son anda bile birbirimizi frenliyorduk. Yavaş yavaş on yedinci oyuna gelmiştik ve bu arada bizim için de sürpriz olan bir durum meydana gelmişti; bu, şaşırtıcı ölçüde yararlı gözüken bir durumdu, çünkü c sütunundaki piyonu sondan bir önceki c2 sütununa kadar getirmeyi başarmıştık; şimdi yeni bir vezir kazanmak için tek yapmamız gereken, bu piyonu öne itip c1'e getirmekti. Bu çok açık fırsat karşısında çok rahat olduğumuz, doğal olarak söylenemezdi; hepimiz, görünüşte kendi çabamızla elde ettiğimiz bu yararlı durumun, olaya çok daha kuşbakışı bakabilen Czentovic tarafından atılmış bir olta olmasından kuşkulanıyorduk. Fakat büyük çabalarla, ortaklaşa yürüttüğümüz aramalara ve tartışmalara rağmen, gizli tuzağın ne olduğunu anlayamadık. Sonunda, izin verilen düşünme süresi neredeyse dolarken, hamleyi göze almaya karar verdik. Fakat McConnor tam son sütuna itmek için piyona dokunmak üzereydi ki, ansızın kolunun yakalandığını hissetti ve arkasından birisi kısık, ama heyecanlı bir sesle fısıldadı: "Tanrı aşkına! Sakın yapmayın!"

Hepimiz elimizde olmadan dönüp baktık. Zayıf ve keskin hatlı yüzü, neredeyse tebeşir beyazı solgunluğundan ötürü daha önce gezinti güvertesinde dikkatimi çekmiş olan, kırk beş yaşlarında bir beydi; son dakikalarda, yani biz bütün dikkatimizi önümüzdeki soruna verdiğimizde yanımıza gelmiş olmalıydı. Baktığımızı hissedince, acele ekledi:

"Şimdi bir vezir kazanırsanız, hasmınız fili c1'e sürerek onu derhal alır, siz de at ile geri alırsınız. Fakat hasmınız bu arada serbest kalan piyonuyla d7'ye gider, sizin kalenizi tehdit eder ve siz atla şah deseniz bile kaybedersiniz, dokuz ya da on hamle sonra işiniz biter. Bu, 1922'de Piest'any'deki büyük turnuvada Alehin'in Bogolyubov'a karşı kurduğu oyunun neredeyse aynı."

McConnor, hayretle elini taştan çekti ve şaşkınlığı bizlerinkinden aşağı kalmaksızın bakışlarını gökten inen bir melek gibi yardımımıza koşan adama dikti. Dokuz hamle öncesinden bir mat etme durumunu hesaplayabilen kişi, ancak birinci sınıf bir uzman olabilirdi, hatta belki de aynı turnuvaya gitmekte olan bir şampiyon adayıydı, bu kadar kritik bir andaki ani gelişinin ve oyuna müdahale edişinin neredeyse olağanüstü bir yanı vardı. İlk kendini toplayan, McConnor oldu.

"Ne tavsiye edersiniz?" diye fısıldadı heyecanla.

"Hemen ilerlemeyin, fakat önce kaçın! Özellikle de şahı tehlikede olduğu g8 sütunundan h7'ye çekin. O zaman hasmınız büyük bir olasılıkla saldırıyı öteki kanada kaydıracaktır. Ama bu saldırıyı kaleyi c8'den c4'e götürerek karşılayabilirsiniz; bu, hasmınıza iki hamleye, bir piyona mal olur, böylece de üstünlüğünü yitirir. Ondan sonra serbest piyonun karşısında serbest piyon kalır ve eğer savunmanızı doğru yaparsanız, bir beraberlik elde edebilirsiniz. Ama bundan fazlasını bekleyemezsiniz."

Yine şaşkınlığa kapıldık. Hesaplarının hızlılığı kadar doğruluğu da kafa karıştırıcıydı, sanki hamleleri basılı bir kitaptan okuyordu. Yine de onun işe karışması sayesinde bir dünya şampiyonuyla oynamakta olduğumuz partiyi berabere bitirmeye ilişkin beklenmedik fırsat, bir büyü etkisi yaratmıştı. Satranç tahtasını daha iyi görebilsin diye hep birlikte yana çekildik. McConnor, bir kez daha sordu: "Şahı g8'den h7'ye, öyle mi?"

"Evet! Her şeyden önce geri çekilmeye bakmalısınız!"

McConnor söyleneni yaptı ve kaşıkla bardağa vurduk. Czentovic, o artık alıştığımız umursamaz adımlarla masamıza yaklaştı ve tek bir bakışla karşı hamleyi ölçtü. Ondan sonra şahın bulunduğu kanatta, tıpkı meçhul yardımcımızın önceden söylediği gibi, piyonu h2'den h4'e çekti. Ve yardımcımız fısıldamaya başlamıştı bile:

"Kaleyi öne sürün, kaleyi öne sürün, c8'den c4'e getirin, hasmınız o zaman önce piyonu korumak zorunda kalır. Ama bunun ona hiçbir yardımı olmayacak! Siz, onun piyonuna aldırmadan atınızla c3'ten d5'e saldırıya geçeceksiniz ve böylece eşitlik yeniden kurulacak. Savunma yerine bütün baskıyı ileriye yönelteceksiniz!"

Adamın ne dediğini anlamamıştık. Bizim için onun söyledikleri sanki Çinceydi. Ama bir kez onun çekim gücüne kapılmış olan McConnor, düşünmeksizin adamın dediğini yaptı. Czentovic'i geri çağırmak için kaşıkla yine bardağa vurduk. Czentovic, ilk kez çabuk karar vermedi, fakat bakışlarını satranç tahtasına dikti. Sonra tam da yabancının bize haber vermiş olduğu hamleyi yaptı ve gitmek üzere döndü. Ancak o geri çekilmezden önce yeni ve beklenmedik bir şey oldu. Czentovic gözlerini kaldırdı ve bakışlarını bizim üstümüzde gezdirdi; anlaşıldığı kadarıyla kendisine karşı ansızın direnmiş olan kişinin kim olduğunu bulmak istiyordu.

O andan başlayarak heyecanımız ölçüsüz boyutlara uzandı. Şimdiye kadar ciddi bir umut beslemeksizin oynamıştık, fakat şimdi Czentovic'in o buz gibi kendini beğenmişliğini paramparça etme düşüncesi, hepimizin nabzını uçarcasına attırmaya başlamıştı. Ama bu arada yeni arkadaşımız bir sonraki hamleyi kurmuştu bile ve –kaşığı bardağa vururken parmaklarım titriyordu– Czentovic'i geri çağırabilirdik. Ve bunun ardından ilk zaferimiz geldi. Hep ayakta oynamış olan Czentovic durakladı, durakladı ve sonunda oturdu. Gerçi istifini bozmadan, ağır bir tempoyla oturmuştu; fakat böylece sırf bedensel bakımdan da olsa, o zamana kadar aramızda bulunan yukarıdalık-aşağıdalık durumu ortadan kalkmıştı. Onu en azından uzamsal bağlamda bizimle aynı düzeye gelmeye zorlamıştık. Czentovic uzun süre düşündü, gözlerini hiç hareket ettirmeksizin satranç tahtasına indirmişti, bu yüzden gölgeli gözkapaklarının altındaki gözbebekleri neredeyse hiç görülemiyordu ve düşünmek için kendini zorlarken, yavaş yavaş dudakları açıldı, bu, yuvarlak yüzüne biraz aptalca bir ifade vermişti. Czentovic birkaç dakika düşündü, sonra bir hamle yaptı ve ayağa kalktı. Ve arkadaşımız da hemen fısıldamaya başladı:

"Bir oyalama hamlesi! İyi düşünülmüş! Fakat buna sakın kanmayın! Değişme yapılmasını zorlayın, mutlaka değişme yapılsın, o zaman biz berabere durumuna geliriz ve hasmınıza artık hiçbir tanrı yardım edemez."

McConnor söz dinledi. Ondan sonraki hamlelerde ikisi arasında –bizler artık çoktan işsiz güçsüz figüranlar düzeyine inmiştik– bizim için anlaşılmaz bir koşuşturmadır başladı. Yaklaşık altı hamle sonra Czentovic, uzunca bir süre düşündü ve sonra da başını kaldırarak açıkladı: "Pata."[4]

Bir an mutlak bir sessizlik oldu. Ansızın dalgaların hışırdadığı ve radyonun salondan bulunduğumuz tarafa caz ezgileri gönderdiği duyuldu, gezinti güvertesinde atılan her adım ve rüzgârın pencere aralıklarından giren ince uğultusu son derece net bir biçimde işitilebiliyordu. Hiçbirimiz soluk almıyorduk, çok ani olmuştu ve bu tanınmamış kişinin dünya şampiyonuna artık yarı yarıya kaybedilmiş bir oyunda istediğini zorla kabul ettirmiş olması gibi olasılık dışı bir durum yüzünden neredeyse hâlâ korku içindeydik. McConnor ani bir hareketle geriye doğru yaslandı, tutmuş olduğu soluğu mutlu bir "Ah!" sesiyle ve duyulabilir tonda dudaklarından çıktı. Ben ise yine Czentovic'e bakmaktaydım. Daha son hamleler sırasında gözüme sanki daha bir solgunlaşmış gibi gözükmüştü. Fakat kendini tutmayı iyi başarıyordu. Görünüşte umursamaz bir ifade taşıyan donukluğu içerisinde ve rahat bir tavırla, taşları sakin el hareketleriyle karıştırırken, sordu:

"Beyler üçüncü bir parti daha isterler mi?"

Soruyu yalnızca konu üzerinde odaklaşarak, yalnızca oyun bağlamında sormuştu. Ama dikkati çeken nokta, bu arada McConnor'a bakmaksızın, gözlerini dosdoğru kurtarıcımıza dikmiş olmasıydı. Tıpkı bir atın daha sağlam oturuşundan şimdi sırtında yeni ve daha usta bir süvarinin bulunduğunu anlaması gibi, Czentovic de son hamleler sırasında asıl ve gerçek hasmını tanımış olmalıydı. Biz de elimizde olmaksızın

---

4 Pata: Aslı İtalyanca "patta"dan gelme. Oyunda yenen ve yenilen olmaması, berabere kalma durumu. (ç.n.)

onu izleyip heyecanla yabancıya bakmaktaydık. Fakat o daha düşünmek, hatta cevap vermek fırsatını bulamadan, McConnor kazanma hırsının heyecanıyla ve muzaffer bir tonla ona seslenmişti bile:

"Elbette! Ama şimdi ona karşı tek başınıza oynamalısınız! Yani sadece siz ve Czentovic!"

Ne var ki, bunun ardından tümüyle beklenmedik bir şey oldu. Dikkat çeken bir ısrarla hâlâ artık boşaltılmış olan satranç tahtasına bakmakta olan yabancı, bütün bakışların ve heyecanlı konuşmaların kendisine yöneldiğini hissedince ürktü. Yüz hatları birbirine karışmıştı.

"Asla olmaz, beyler," diye kekeledi belirgin bir kaygıyla. "Bu, bütünüyle imkânsız... Ben asla söz konusu olamam ... yirmi yıldan, hayır yirmi beş yıldan bu yana bir satranç tahtasının başına oturmuş değilim ... ve izninizi almaksızın oyununuza karışmakla ne kadar yakışıksız davranmış olduğumu ancak şimdi anlıyorum... Bu karışmadan ötürü beni lütfen bağışlayın ... bundan böyle sizi rahatsız etmeyeceğimden emin olabilirsiniz." Ve biz daha şaşkınlığımızı üzerimizden atamadan, yabancı çekilmiş ve odayı terk etmişti.

"Fakat bu, mümkün değil!" diye gürledi McConnor olanca heyecanıyla ve yumruğunu masaya vurarak. "Bu adamın yirmi beş yıl boyunca satranç oynamamış olması kesinlikle mümkün değil! Çünkü her hamleyi, olabilecek her karşı saldırıyı beş altı hamle öncesinden hesapladı. Böyle bir şeyi kimse öyle kolayca, doğaçlamadan yapamaz. Böyle bir şey tamamen imkânsız, öyle değil mi?"

Son soruyla birlikte McConnor, ister istemez Czentovic'e dönmüştü. Ama dünya şampiyonu sarsılmaz soğukkanlılığını korudu.

"Bu konuda herhangi bir yargı belirtemem. Ancak o beyefendinin biraz alışılmadık biçimde ve ilginç oynadığı kesin; zaten bu yüzden ona kasten bir şans tanıdım." Bunları söylerken aynı zamanda rahat bir tavırla ayağa kalkan Czentovic, o konu dışına çıkmayan ifadesiyle ekledi: "O bey ya da öteki beyefendiler yarın bir parti daha isterlerse eğer, saat üçten itibaren emirlerindeyim."

Hafifçe gülümsemekten kendimizi alamadık. Czentovic'in tanımadığımız yardımcımıza öyle cömertçe bir şans falan tanımadığını ve o konuda söylediğinin sadece kendi başarısızlığını maskelemeyi amaçlayan naif bir bahane olduğunu hepimiz biliyorduk. Bu yüzden, böylesine sarsılmaz bir büyüklenmeyi aşağılanmış görmeye yönelik isteğimiz daha da şiddetlenmişti. Kısa süre öncesine kadar sakin ve rahat gemi yolcularıyken, şimdi kendini kazanma hırsına doludizgin kaptırmış kişiler olup çıkmıştık, çünkü özellikle okyanusun ortasındaki gemimizde satranç şampiyonunun tacının elinden alınabileceği düşüncesi –bu, hemen ardından haberi bütün telgraf bürolarınca yıldırım hızıyla bütün dünyaya yayılacak bir rekor olurdu–, hepimize en kışkırtıcı biçimde çekici gelmekteydi. Buna bir de kurtarıcımızın en kritik anda hiç beklenmeyen araya girişinden kaynaklanan esrarengiz havanın çekiciliği ile neredeyse ürkeklik diye nitelendirilebilecek alçakgönüllülüğünün ve ancak profesyonellere özgü sarsılmaz özgüveninin oluşturduğu karşıtlık ekleniyordu. Kimdi bu bilinmeyen adam? Burada rastlantı sonucu henüz keşfedilmemiş bir satranç dâhisi mi gün ışığına çıkmıştı? Veya ünlü bir şampiyon, bilinmeyen bir nedenden ötürü bizden adını mı gizlemekteydi? Bütün bu olasılıkları düşünülebilecek en heyecanlı bir atmosfer içerisinde tartışmaktaydık, en cüretkâr varsayımlar bile bize göre karşımızdaki yabancının esrarengiz çekingenliğini ve şaşırtıcı açıklamasını, yadsınamayacak ustalığıyla bağdaştırmaya yetecek kadar cüretkâr değildi. Fakat bir noktada hepimiz görüş birliğine varmıştık: Satranç tahtasında yeni bir kavganın sergilenmesinden asla vazgeçmeyecektik. Yardımcımızın ertesi gün Czentovic'le bir parti oynamasını sağlamak için her yolu denemeye karar verdik; oyunun parasal rizikosunu McConnor üstlenmeye söz vermişti. Bu arada kabin görevlisinden alınan bilgiye göre yabancının bir Avusturyalı olduğu da anlaşıldığından, yurttaşı olarak ricamızı kendisine iletme görevi bana verildi.

Gezinti güvertesinde, acelece kaçan dostumuzu bulmam fazla zaman almadı. Güvertedeki koltuklardan birine uzanmış, okumaktaydı. Ona yaklaşmazdan önce bu fırsattan yararlanarak daha dikkatli bir gözlem yaptım. Keskin hatlara sahip olan başı hafif bir yorgunlukla yastığa dayanmış, dinleniyordu; genç sayılabilecek yüzündeki tuhaf solgunluk bir kez daha özellikle dikkatimi çekti, göz kamaştırıcı beyazlıktaki saçlar, şakaklarda bu yüzü çerçevelemekteydi; nedenini bilmeksizin, bu adamın ansızın yaşlanmış olduğu izlenimine kapıldım. Daha tam yaklaşmamıştım ki, kibarca kalktı ve kendini, duyar duymaz tanıdığım, son derece saygın bir eski Avusturya adıyla takdim etti. Bu soyadının taşıyıcılarından birinin Schubert'in en yakın dost çevresinde yer aldığını, yaşlı imparatorun özel doktorlarından birinin de aynı aileden geldiğini hatırlıyordum. Dr. B.'ye, Czentovic'in meydan okumasını kabul etmesi yolundaki ricamızı ilettiğimde, çok şaşırdı. Anlaşıldı ki, kendisi o oyunda bir dünya şampiyonunun, üstelik halen en başarılı olanının önünden zaferle kalkmış olduğunun hiç farkında değildi. Bir nedenden ötürü bu açıklamadan çok etkilenmişe benziyordu, çünkü bana defalarca hasmının gerçekten tanınmış bir dünya şampiyonu olduğundan emin miyim diye sordu. Kısa zamanda, bu durumun görevimi kolaylaştırdığını anladım ve sadece, karşımdakinin duyarlılığını hissederek, olası bir yenilginin maddi rizikosunun McConnor'ın kasasına ait olacağını ondan saklamayı uygun buldum. Dr. B. uzunca bir duraklamanın ardından sonunda bir maç yapmaya hazır olduğunu söyledi, ama bu arada öteki beyleri kendisinin yapabilecekleri konusunda fazla umuda kapılmamaları için bir defa daha uyarmamı da önemle rica etti.

"Zira," diye ekledi düşünceli bir gülümsemeyle, "bir satranç partisini bütün kurallara uygun olarak doğru oynayabilir miyim, bunu gerçekten bilmiyorum. Lise yıllarımdan sonra, yani yirmi yıldan fazla bir zamandır tek bir satranç taşına elimi sürmediğimi söylediğimde, aşırı bir alçakgönüllülük yapmadım, buna lütfen inanmanızı rica ederim. Ve o zamanlar da ancak özel bir yeteneği bulunmayan oyuncu sayılırdım."

Bunları öylesine doğallıkla söylemişti ki, içtenliği konusunda en ufak bir kuşku bile besleyemezdim. Fakat yine de birbirlerinden çok farklı satranç ustalarının oyun kurma biçimlerini ayrı ayrı hatırlayabilmesi karşısında duyduğum şaşkınlığı dile getirmeden edemedim; satrançla, en azından kuramsal düzeyde çok yoğun ilgilenmiş olmalıydı. Dr. B., bir kez daha o tuhaf ve hülyalı ifadeyle gülümsedi.

"Çok yoğun ilgilenmek! –Tanrı bilir ya, evet, satrançla çok ilgilenmiş olduğum söylenebilir. Ancak bu çok özel, dahası ancak bir defaya özgü koşullar altında oldu. Aslında bu, çok karmaşık bir öykü ve yaşamakta olduğumuz şu sevimli ve büyük zamana küçük bir katkı yerine geçebilir. Bir yarım saat sabrederseniz eğer..."

Yanındaki güverte koltuğunu göstermişti. Davetini memnuniyetle kabul ettim. Yakınımızda kimse yoktu. Dr. B. okuma gözlüğünü çıkardı, bir yana bıraktı ve anlatmaya başladı:

"Bir Viyanalı olarak, ailemin adını hatırladığınızı söylemek inceliğini gösterdiniz. Fakat tahminimce başlangıçta babamla birlikte çalıştığımız, daha sonra ise tek başıma sürdürdüğüm avukatlık bürosu hakkında herhangi bir şey duymuş olduğunuzu hiç sanmıyorum, çünkü haber değerinden ötürü gazetelere geçen davalarla ilgilenmezdik ve ilke olarak da yeni müşteri kabul etmekten kaçınırdık. Aslına bakılırsa, tam bir avukatlık uygulaması değildi yaptığımız, kendimizi yalnızca hukuk danışmanlığıyla sınırlamıştık ve özellikle de babamın klerikal partinin eski milletvekili sıfatıyla yakın olduğu büyük manastırların malvarlıklarıyla ilgili danışmanlık hizmeti veriyorduk. Ayrıca –bugün monarşi artık tarihe karıştığı için bu konuda konuşmanın bir sakıncası yok– imparatorluk ailesinin bazı üyelerinin fonlarının yönetimi de bize emanet edilmişti. Sarayla ve ruhban sınıfıyla bu ilişkilerin –amcam, imparatorun özel doktoruydu, bir başka amcam da Seitenstetten'de başrahipti– geçmişi iki kuşak öncesine kadar uzanıyordu; bize düşen, yalnızca bu ilişkileri korumaktı ve bu sessiz, demek istediğim gürültüsüz patırtısız, bize miras yoluyla geçmiş bir güven aracılığıyla tahsis edilmiş bir etkinlik alanıydı; bu alanda çalışabilmek için mutlak anlamda sır saklayabilmenin ve güvenilirliğin dışında bir şey gerekmiyordu, ölen babam da bu niteliklere en üst düzeyde sahipti; kendisi gerek enflasyon yıllarında gerekse imparatorluğun çöküş döneminde gösterdiği titizlik sayesinde müşterileri için önemli malvarlığı kalemlerini korumayı gerçekten de başardı. Daha sonra Almanya'da Hitler iktidara geldiğinde ve kilise ile manastırların malvarlıklarını yağmalamaya başladığında, en azından menkulleri el konulmadan kurtarmak için sınır ötesinden de bizim kanalımızla bazı görüşmeler ve önemli ticari işlemler gerçekleşmeye başladı, artık Papalık'ın ve hanedanın bazı gizli siyasi görüşmeleri hakkında babam ve ben, kamuoyunun herhangi bir zaman öğrenebileceğinden çok daha fazla bilgi sahibiydik. Fakat özellikle hukuk büromuzun hiç dikkat çekmemesi –kapımızda bir tabela bile yoktu– ve monarşiyle ilintili bütün çevrelerden açıkça kaçınma konusunda gösterdiğimiz dikkat, istenmeyen araştırma ve soruşturmalar karşısında en emin güvencemizdi. Gerçekte bütün o yıllar boyunca Avusturya'da hiçbir resmi makam, hanedanın gizli kuryelerinin en önemli postalarını hep bizim dördüncü kattaki o kimsenin dikkatini çekmeyen büromuzdan aldıklarını veya oraya teslim ettiklerini tahmin bile edemedi.

Gelgelelim Nasyonal Sosyalistler, ordularını bütün dünyaya karşı silahlandırmadan çok önce bütün komşu ülkelerde aynı ölçüde tehlikeli ve eğitimli bir başka orduyu, zarar görmüşlerden, geri plana itilmişlerden, aşağılanmışlardan oluşma bir lejyonu örgütlemeye koyulmuşlardı. Bu lejyona ait ve 'hücre' diye anılan birimler her resmi daireye, her işletmeye gizliden yerleştirilmişti, dinleme elemanları ve casusları Dollfuss'un ve Schuschnigg'in özel odalarına varıncaya kadar her yerde görevlendirilmişti. Ne yazık ki çok geç öğrendiğime göre, bizim kimsenin dikkatini çekmeyen büromuzda bile adamları vardı. Bu kişi aslında elbette zavallı ve yeteneksiz bir büro elemanından öte biri değildi, onu bir rahibin tavsiyesi üzerine ve yalnızca büroya dışarıya karşı normal bir işletme görünümünü vermek için işe almıştım; gerçekte bu elemanı sadece zararsız haberleşme işleri, telefona bakılması ve dosyaların, yani önemsiz ve zararsız dosyaların düzenlenmesi için kullanıyorduk. Postayı açması kesinlikle yasaktı, bütün önemli mektupları kopyalarını çıkarmaksızın makinede kendim yazıyordum, her önemli belgeyi yanıma alıp eve götürüyordum ve gizli görüşmeleri manastır yöneticilerinin odalarında veya amcamın muayenehanesinde düzenliyordum. Bu ihtiyat önlemleri sayesinde sözünü ettiğim dinleme görevlisi en önemli olayların hiçbirini öğrenemedi; fakat bu işgüzar ve kendini beğenmiş eleman, talihsiz bir rastlantı sonucu kendisine güvenilmediğini ve arkasından ilginç işler çevrildiğini fark etmiş olmalıydı. Belki de bir defasında benim yokluğumda kuryelerden biri dikkatsizlik sonucu, kararlaştırıldığı üzere 'Baron Bern' diyecek yerde ağzından 'Majesteleri' diye kaçırmıştı ya da o aşağılık eleman yasak olmasına rağmen mektupları açmıştı –ama ne olmuşsa olmuş, ben daha kuşkulanmaya başlamazdan önce Münih ya da Berlin'den bizi gözetlemekle görevlendirilmişti. Ancak çok sonra, artık uzun zamandır tutuklu bulunduğum bir sırada, elemanımızın başlangıçta işinde sergilediği gevşekliğin yerini son aylarda ani bir çalışkanlığa bıraktığını ve oğlanın çeşitli defalar, neredeyse ısrarla, yazışmalarımı postaya vermeye talip olduğunu hatırladım. Dolayısıyla belli ölçüde bir dikkatsizlik konusunda kendimi de aklayabilecek durumda değilim, fakat öte yandan en büyük diplomatlar ve askeri kişilikler bile Hitlerizmin alçakça oyunlarına gelmediler mi? Gestapo'nun çoktandır benimle ne kadar dikkatle ve sevgiyle ilgilendiğini sonradan bir olay çok somut biçimde kanıtladı; daha Schuschnigg'in görevinden çekildiğini ilan ettiği akşam ve Hitler Viyana'ya girmezden bir gün önce, SS'ler tarafından tutuklandım. Neyse ki talihim yolunda gitmişti ve Schuschnigg'in veda konuşmasını dinler dinlemez en önemli kâğıtları yakabilmiştim; belgelerin kalan kısmını da, manastırların ve iki arşidükün yurtdışında muhafaza altına alınmış malvarlıklarına ait son derece gerekli makbuzlarla birlikte –gerçekten son dakikada, yani genç SS'ler kapımı yumruklamaya başlamazdan hemen önce– bir çamaşır sepetine saklamış, sonra da ev işlerimi gören emektar ve güvenilir kadınla amcama yollamıştım."

Dr. B., bir puro yakmak için sözünü kesti. Parlayan ışıkta dudağının sağ tarafından sinirli bir titremenin geçtiğini fark ettim, bu titreme daha önce de dikkatimi çekmişti ve görebildiğim kadarıyla, iki dakikada bir yineleniyordu. Aslında sadece belli belirsiz bir hareketti, neredeyse bir soluk kadardı, fakat yüzün bütününe tuhaf bir tedirginlik ifadesi veriyordu.

"Şimdi büyük bir olasılıkla size eski Avusturyamıza sadık kalmayı sürdüren herkesin gönderildiği toplama kamplarını, orada hedef olduğum aşağılamaları, çektiğim işkenceleri anlatacağımı sanıyorsunuz. Hayır, böyle şeyler olmadı. Ben başka bir kategoriye alındım. Bedensel ve ruhsal aşağılamalar aracılığıyla uzun zamandır birikmiş, önyargılı bir nefretin zincirlerinden boşalmasına hedef olan o talihsizlerin arasına gönderilmeyip, Nasyonal Sosyalistlerin zorla para ya da önemli bilgiler elde etmek istedikleri farklı ve çok küçük bir gruba sokuldum. Tek başına ele alındığında, sıradan kişiliğimin Gestapo için elbette hiçbir ilgi çekici yanı yoktu. Ancak onların en amansız hasımlarının araçları, yöneticileri ve yakınları olduğumuzu öğrenmiş olmalıydılar ve benden zorla elde etmeyi umdukları şey, aleyhte kullanılabilecek kanıtlardı: Haksız yere mal edindiklerini kanıtlamak peşinde oldukları manastırların aleyhinde kanıtlar, hanedana ve Avusturya'da kendini feda edercesine monarşiyi savunmuş herkese karşı kullanılabilecek kanıtlar. Nasyonal Sosyalistlerin tahminlerine göre –ki aslında hiç de haksız değildiler tahminlerinde–, bizim elimizden geçen fonların önemli bir bölümü hâlâ yağmalama tutkularını doyurmalarına olanak tanımayacak bir biçimde bir yerlerde saklıydı: İşte bu nedenle, bu sırları sınanmış yöntemleriyle ağzımdan alabilmek için, beni daha ilk günden içeri almışlardı. Benim bulunduğum kategoriye giren ve kendilerinden zor kullanılarak para veya kanıt elde edilmesi öngörülen kişiler, işte bundan ötürü toplama kamplarına gönderilmiyor, fakat özel bir işlemden geçirilmek üzere bir yana ayrılıyordu. Belki hatırlarsınız, gerek başbakanımız, gerekse akrabalarını milyonlar ödemeye razı edeceklerini umdukları Baron Rothschild, etrafı dikenli tellerle çevrili bir tutuklu kampına gönderilmediler, fakat kendilerine görünüşte ayrıcalıklı davranılarak bir otele, aynı zamanda Gestapo'nun merkezi olan Hotel Metropole'ye yerleştirildiler ve herkese ayrı bir oda tahsis edildi. İşte benim gibi sıradan birine de bu ayrıcalık tanınmıştı.

Bir otelde kendine ait bir oda –aslında kulağa çok insanca geliyor, öyle değil mi? Ama inanın ki, bizim gibi 'seçkinleri' yirmişerli gruplar halinde buz gibi barakalara tıkacakları yerde epey iyi ısıtılmış, tek kişilik otel odalarına yerleştirmekle, bizler için yalnızca insani olmakla ilintisiz, fakat çok daha ustaca bir yöntem geliştirmiş oldular. Zira bizden zorla 'malzeme' elde etmek için kullanılacak baskının kaba saba dayaklardan veya bedensel işkenceden çok daha ince ve etkili bir üslupla işlemesi öngörülmüştü: Bunun adı, düşünülebilecek en ustaca izolasyonu sağlamaktı. Bize hiçbir şey yapmadılar –sadece bizi en mutlak anlamdaki hiçliğin içerisine yerleştirdiler, çünkü bilindiği gibi dünyada hiçbir şey insan ruhu üzerinde hiçlik kadar ağır bir baskı uygulayamaz. Tek tek her birimizi mutlak anlamda bir hava boşluğuna, dışarıya tümüyle kapalı bir odaya hapsetmekle, sonunda dudaklarımızın açılmasını sağlayacak baskının dayak ve soğuk aracılığıyla dışarıdan değil, ama iç dünyalarımızdan kaynaklanması amaçlanmıştı. İlk bakışta bana ayrılan oda hiç de rahatsızmış gibi gözükmüyordu. Odada bir kapı, bir yatak, bir koltuk, bir lavabo ve parmaklıklı bir pencere vardı. Fakat kapı gece gündüz kapalı duruyordu, masanın üstünde kitabın, gazetenin, tabaka kâğıdın, kurşunkalemin bulunması yasaktı, pencere bir yangın duvarına bakıyordu; kendi Ben'imin çevresinde ve dahası bedenimde mutlak anlamda hiçlik inşa edilmişti. Elimden her şey alınmıştı, zamanı bilmeyeyim diye saat, bir şey yazamayayım diye kurşunkalem, bileklerimi kesmeyeyim diye bıçak alınmıştı; hatta bir sigara gibi en küçük bir kendini uyuşturma aracı bile yasaklanmıştı. Tek kelime söylemesine ve herhangi bir soruyu cevaplandırmasına izin verilmeyen nöbetçinin dışında hiçbir insan yüzü görmüyor, bir insan sesi duymuyordum; gözler, kulaklar, bütün duyular sabahtan geceye ve geceden sabaha kadar hiçbir şeyle beslenmiyordu, insan kendi kendisiyle, bedeniyle ve masa, yatak, pencere, lavabo gibi dört veya beş dilsiz nesneyle umarsız bir biçimde yalnız kalıyordu; bu suskunluğun kapkara okyanusunda camdan yapılma çanı içerisindeki bir dalgıç gibi yaşıyordu ve dahası, dış dünyaya uzanan halatın koptuğunu ve sessiz derinliğin içinden hiçbir zaman dışarıya çıkarılmayacağını şimdiden sezen bir dalgıç gibi yaşıyordu. Yapacak hiçbir şey yoktu, duyacak hiçbir şey yoktu, görecek hiçbir şey yoktu, her yerde ve sürekli olarak insanın çevresinde hiçlik, zamandan ve mekândan mutlak anlamda yoksun bir boşluk vardı. İnsan bir aşağı bir yukarı gidip geliyordu ve onunla birlikte düşünceler de bir aşağı bir yukarı, bir aşağı bir yukarı gidip geliyordu, sürekli gidip geliyordu. Fakat sonuçta düşüncelerin de, ne kadar herhangi bir özden yoksunmuş gibi görünürlerse görünsünler, bir destek noktasına ihtiyaçları vardır, aksi takdirde dönmeye ve anlamsız bir biçimde kendi etraflarında çember çizmeye başlarlar; onlar da hiçliğe dayanamazlar. İnsan bir şey bekliyordu, sabahtan akşama kadar bekliyordu ve hiçbir şey olmuyordu. İnsan tekrar tekrar bekliyordu. Hiçbir şey olmuyordu. İnsan bekliyor, bekliyor, bekliyordu, düşünüyor, düşünüyordu, şakakları ağrımaya başlayana kadar düşünüyordu. Hiçbir şey olmuyordu. İnsan yalnız kalıyordu. Yalnız. Yalnız.

Zamanın dışındaki, dünyanın dışındaki bu yaşayışım on dört gün sürdü. O zaman bir savaş çıksaydı eğer, haberim olmayacaktı; benim dünyam yalnızca masadan, kapıdan, lavabodan, koltuktan, pencereden ve duvardan ibaretti ve hep aynı duvardaki aynı duvar kâğıdına bakıyordum; o kadar sık bakmıştım ki, sivri uçlu desenlerinin her çizgisi sanki madeni uçlu bir oymacı kalemiyle artık beynimin en derin noktasındaki kıvrıma kazınmıştı. Nihayet sorgular başladı. Vaktin gece mi yoksa gündüz mü olduğunu doğru dürüst bilmeden, ansızın çağrılıyorduk. Çağrılıyorduk ve birkaç koridordan geçiriliyorduk, nereye gittiğimizi bilmiyorduk; sonra bir yerde bekliyorduk ve nerede olduğumuzu bilmiyorduk, ardından kendimizi ansızın çevresinde birkaç üniformalı adamın oturduğu bir masanın önünde buluyorduk. Masanın üstünde bir kâğıt yığını vardı: Bunlar, içinde ne olduğu bilinmeyen dosyalardı ve sonra sorular başlıyordu, hakiki ve sahte sorular, açık seçik ve tuzaklı sorular, bir şeyleri gizlemek için sorulan ve yem olarak ortaya atılan sorular ve cevaplar verilirken, yabancı, kötü niyetli parmaklar içlerinde ne olduğunu bilmediğimiz kâğıtları karıştırıyordu ve yabancı, kötü niyetli parmaklar bir tutanağa bir şeyler yazıyorlardı ve ne yazdıkları bilinmiyordu. Fakat bu sorguların benim için en korkunç olan yanı, Gestapo üyelerinin avukatlık büromdaki olaylar konusunda gerçekte neler bildiklerini ve benden ne öğrenmek istediklerini hiçbir zaman bulup çıkaramamamdı. Size daha önce de söylediğim gibi, asıl aleyhte kullanılabilecek belgeleri son dakikada evime bakan kadınla amcama yollamıştım, fakat acaba amcam onları almış mıydı? Yoksa almamış mıydı? Ve büroda çalışan eleman bizi ne ölçüde satmıştı? Mektupların ne kadarını ellerine geçirmişlerdi, aradan geçen süre içersinde temsilciliğini yaptığımız Alman manastırlarında acemi bir din adamının ağzından zorla ne kadar bilgi almışlardı? Ve sürekli soruyorlar, soruyorlardı. Falanca manastır için hangi hisseleri satın almıştım ve hangi bankalarla yazışmıştım, Bay Falanca diye birini tanıyor muydum, tanımıyor muydum, İsviçre'den ve Steenokkerzeel'den hiç mektup almış mıydım? Ve karşımdakilerin ne kadar bilgi sahibi olabileceklerini asla hesaplayamayacağımdan, her cevap korkunç bir sorumluluğa dönüşebiliyordu. Bilmedikleri bir şeyi itiraf ettiğim takdirde, belki gereksiz yere birinin canını tehlikeye atacaktım. Çok fazla inkâra saptığım takdirde ise kendime zararım dokunabilirdi.

Fakat sorgu, en kötüsü değildi. En kötüsü, sorgudan sonra hiçliğime, içinde aynı masanın, aynı yatağın, aynı lavabonun, aynı duvar kâğıdının bulunduğu aynı odaya geri dönmekti. Çünkü kendimle yalnız kalır kalmaz, verebileceğim en akıllıca cevap ne olabilirdi, belki de düşüncesizce bir sözle doğmasına yol açtığım kuşkuyu ortadan kaldırabilmem için bir dahaki sefere ne demem gerekir, bunları kurgulamaya çalışıyordum. Düşünüyordum, söylediklerimi ince eleyip sık dokuyordum, kendi ifademi sorgu yargıcına söylediğim her sözcük açısından denetimden geçiriyordum, karşımdakilerin sormuş oldukları her soruyu ve verdiğim her cevabı yeniden aklımdan geçiriyordum, bütün bunlardan tutanağa neler geçirmiş olabileceklerini tartmaya çalışıyordum ve öte yandan da bunu asla bulup çıkaramayacağımı biliyordum. Fakat bomboş bir uzam içerisinde bir kez harekete geçirilmiş olan bu düşünceler, başımın içinde sürekli dönüp duruyorlardı, hep yeniden dönüyorlardı, her defasında farklı kurgularla dönüp duruyorlardı ve bu durum uyuyana kadar sürüyordu; Gestapo'nun her sorgusunun ardından bu kez aynı acımasızlıkla kendi düşüncelerimi sorgulamanın, araştırmanın ve karşısındakine acı vermenin işkencesini uygulamayı üstleniyorlardı ve böylesi daha da acımasızdı, çünkü öteki sorgulamalar ne de olsa bir saat sonra son buluyordu, oysa bu ikincisi, içinde bulunduğum yalnızlığın alçakça işkencesi nedeniyle hiç bitmiyordu. Ve etrafımda hep yalnızca masa, dolap, yatak, duvar kâğıdı, pencere vardı, oyalanabilecek hiçbir şey yoktu, hiçbir kitap, gazete, yabancı yüz, bir şeyler not etmek için kurşunkalem, oynayacak kibrit yoktu, yoktu, yoktu. Bu otel odası sisteminin ne kadar şeytanca, psikolojik açıdan ne kadar öldürücü biçimde düşünülmüş olduğunun farkına ancak şimdi varıyordum. Toplama kampında belki insan elleri kanayana ve ayakkabıların içindeki ayakları donana kadar el arabasıyla taş taşımak zorunda kalıyordu, iki düzine insanla berbat bir kokunun içinde, soğuktan donarak yatıyordu. Ama öte yandan insan, yüzler görebiliyordu, bir tarlaya, bir el arabasına, bir ağaca, bir yıldıza, herhangi bir şeye, ne olursa olsun, herhangi bir şeye bakışlarını dikebiliyordu, oysa burada insanın çevresinde hep o aynılık vardı, hep o değişmeyen, korkunç aynılık vardı. Burada dikkatimi düşüncelerimden, sanrılarımdan, hep aynı şeylerden ayırabilecek hiçbir şey yoktu. Ve amaçladıkları da zaten özellikle buydu –düşüncelerimi yutacak, yutacaktım, ta ki boğulana ve sonunda onları kusmaktan başka çare bulamayana kadar, her şeyi söyleyene, istedikleri her şeyi söyleyene, kanıtları ve insanları teslim edene kadar. Yavaş yavaş sinirlerimin hiçliğin bu korkunç baskısı altında gevşemeye başladığını hissettim ve tehlikenin bilincinde olarak, dikkatimi dağıtacak herhangi bir şey bulabilmek ya da icat edebilmek için sinirlerimi neredeyse kopma noktasına kadar gerdim. Kendimi meşgul etmek için daha önce ezbere öğrenmiş olduğum ne varsa, hepsini, ulusal marşı ve çocukluk döneminin uyaklı şiirlerini, lise yıllarındaki Homeros'u, Medeni Kanun'un maddelerini ezbere okumaya ve yeniden kurgulamaya çalıştım. Daha sonra hesap yapmayı, rasgele sayıları toplamayı, bölmeyi denedim, ama belleğim boşlukta içinde herhangi bir şey tutabilme gücünden yoksundu. Dikkatimi hiçbir şey üzerinde toplayamıyordum. Aynı düşünce hep araya giriyor ve kıvılcımlanıyordu: Ne biliyorlar? Dün ne söyledim, gelecek defa ne söylemeliyim?

Aslında tarif edilmesi imkânsız olan bu durum dört ay sürdü. Şimdi, evet –dört ay, yani yazılması çok kolay, yalnızca harflerle, o kadar! Ve dile getirilmesi de kolay: dört ay –iki hece. Dudaklar, saniyenin dörtte biri kadar bir zamanda bunu hemen seslendirebilir: dört ay! Fakat öte yandan kimse, belli bir zamanın mekânsızlıkta, zamansızlık içerisinde ne kadar sürdüğünü anlatamaz, ölçemez, somutlaştıramaz, ne bir başkası için ne de kendi kendisi için ve insan hiç kimseye bu çepeçevre ve sürekli hiçliğin, bu hep masanın ve yatağın ve lavabonun ve duvar kâğıdının ve hep suskunluğun, karşısındakinin yüzüne bakmaksızın yemeği içeriye iten hep aynı nöbetçinin, hiçlik içerisinde aynı noktanın çevresinde insanı çıldırtıncaya kadar dolanan hep aynı düşüncelerin bir insanı nasıl yiyip bitirdiğini ve yıkıma sürüklediğini anlatamaz. Küçük belirtilerden beynimin karışmakta olduğunu tedirginlikle fark ediyordum. Başlangıçta sorgular sırasında iç dünyam, henüz berraktı, sakin ve düşünerek ifade vermiştim. Neyi söylemem, neyi söylemememem gerektiğine ilişkin o çifte düşünme eylemi henüz yolunda gidiyordu. Şimdi ise artık en yalın cümleleri bile ancak kekeleyerek seslendirebiliyordum, çünkü ifade verdiğim sırada bir yandan da hipnotize edilmişçesine ve sanki kendi kelimelerimin arkasından koşmak istiyormuşum gibi, bakışlarımı tutanağı oluştürarak kâğıdın üstünde koşan kaleme dikiyordum. Gücümün azaldığını hissediyordum, belli bir anın, kendimi kurtarmak için bildiğim her şeyi, hatta bu hiçliğin beni boğmasından kaçmak için daha da fazlasını anlatacağım, on iki insanı ve onların sırlarını ele vereceğim, fakat böyle yapmakla kendim için sadece tek bir rahat soluk almaktan fazlasını elde edemeyeceğim anın yaklaşmakta olduğunu hissediyordum. Bir akşam o an hakikaten gelmişti: Nöbetçi rastlantı sonucu tam da o boğulma anında yemeği getirdiğinde, ansızın arkasından haykırdım: 'Beni sorguya götürün! Her şeyi söylemek istiyorum! Her şeyi açıklamak istiyorum! Belgelerin nerede olduğunu, paranın nerede saklandığını söylemek istiyorum! Her şeyi söyleyeceğim, her şeyi!' Neyse ki adam uzaklaştığından beni artık duymadı. Belki duymak da istemiyordu.

O en uç bunalım noktasında önceden kestirilemeyen ve kurtuluş anlamına gelen, en azından belli bir süre için kurtuluş anlamına gelebilecek bir şey oldu. Temmuz sonuydu, karanlık, bulutlu, yağmurlu bir gündü: Yağmur sorguya götürüldüğüm koridorun pencere camlarına çarptığı için, bu ayrıntıları çok iyi hatırlıyorum. Sorgu yargıcının odasının önündeki bekleme odasında beklemek zorunda kaldım. Her götürülüşte beklemek zorunluydu: Bu bekletmek de tekniğin bir parçasıydı. Önce gecenin bir saatinde seslenerek, hücreden ansızın alarak sinirleri geriyorlardı ve sonra, insan kendini sorguya hazırladığında, direnmek için aklını ve iradesini seferber ettiğinde, bedeni yormak, ruhu da zayıf düşürmek için sorgudan önce bekletiyorlardı, anlamsızca, anlamsızca bekletiyorlardı, bir saat, iki saat, üç saat bekletiyorlardı. Ve o 27 Temmuz Perşembe günü beni çok daha uzun süre beklettiler, tam iki saat bekleme odasında ayakta beklettiler; bu tarihi de belli bir nedenden ötürü çok iyi hatırlıyorum, çünkü –elbette oturmama izin verilmeksizin– iki saat boyunca ayakta beklediğim o odada bir takvim asılıydı ve basılı bir şeye, yazılı bir şeye duyduğum açlıkla bakışlarımı o tek sayıya, sadece iki kelimeden o '27 Temmuz' yazısına nasıl diktiğimi, nasıl sürekli diktiğimi size açıklamayı inanın beceremem; sanki o kelimeleri beynimle yedim. Ve sonra yine bekledim, bekledim ve acaba ne zaman açılacak diye hep kapıya baktım ve aynı zamanda da engizisyon görevlilerinin bu defa ne sorabileceklerini düşündüm ve aynı zamanda da bana kendimi hazırladığım konudan çok farklı bir şey soracaklarını da biliyordum. Ama bütün bunlara rağmen bu beklemenin ve ayakta durmanın azabı aynı zamanda bir nimetti, bir hazdı, çünkü bu oda ne de olsa benimkinden farklıydı, biraz daha büyüktü ve bir yerine iki penceresi vardı, içinde o yatak yoktu, o lavabo yoktu ve pencerenin çerçevesindeki belki milyon defa gördüğüm o çatlak yoktu. Kapının boyası farklıydı, duvarın önünde başka bir koltuk duruyordu ve sol tarafta da içinde dosyalarla bir evrak dolabı, bir de kancalarıyla birlikte bir gardırop vardı, kancalarda üç ya da dört ıslak asker pardösüsü asılıydı, bunlar, benim cellat yardımcılarıma aitti. Dolayısıyla bakabileceğim yeni, farklı bir şeyler vardı, açlık çeken gözlerim sonunda çok farklı şeyler görebilecekti ve gözlerim açgözlülükle her ayrıntıya pençelerini geçiriyorlardı. Bu pardösülerin üstündeki her kırışığı gördüm, örneğin ıslak yakalardan birinin ucundaki bir damlayı gördüm ve kulağınıza ne kadar gülünç gelirse gelsin, saçma bir heyecanla acaba bu damla kırışıktan aşağı kayıp gidecek mi, yoksa biraz daha yerçekimi gücüne karşı kendini savunup daha uzunca süre asılı kalacak mı diye beklemeye başladım –evet, sanki hayatım ona bağlıymışçasına, bu damlaya dakikalarca baktım, baktım. Ardından, damla sonunda yuvarlanıp gidince, bu kez yeniden pardösülerdeki düğmeleri saydım, birincisinde ve ikincisinde sekizer, üçüncüsünde ise on düğme vardı, sonra yine rütbe işaretlerini karşılaştırdım; bütün bu gülünç, önemsiz ayrıntılar, açlık çekmiş gözlerimi anlatmayı başaramayacağım bir açgözlülükle elliyor, kuşatıyor, her taraftan yakalıyordu. Ve bakışlarım ansızın bir şeye takılıp kaldı. Pardösülerden birinin yan cebinin biraz şişkin olduğunu keşfetmiştim. Yaklaştım ve şişkinliğin dikdörtgen biçiminden bu biraz şişmiş olan cepte ne taşındığını anlar gibi oldum: bir kitaptı! Dizlerim titremeye başladı: bir KİTAP! Dört ay boyunca elime tek kitap almamıştım ve bir kitabı, insanın birbirine eklenmiş kelimeleri, satırları, sayfaları görebileceği, farklı, yeni, yabancı, dikkati başka yerlere yönlendirici düşünceleri okuyabileceği, izleyebileceği, beynine alabileceği bir kitabı sadece kafamda canlandırmanın bile aynı zamanda hem heyecanlandırıcı hem de uyuşturucu bir etkisi vardı. Gözlerim hipnotize olmuşçasına o cepteki kitabın biçimlediği küçük kabarıklığa takılı kalmışlardı, o pek dikkat çekmeyen noktayı sanki pardösüde bir delik açmak istiyormuşçasına yakmaktaydılar. Sonunda içimdeki tutkuyu daha fazla engelleyemedim; elimde olmaksızın daha çok yaklaştım. Bir kitaba kumaşın arkasından ellerimle en azından dokunabilmenin düşüncesi bile parmaklarımdaki sinirleri tırnaklara kadar yakıp tutuşturmuştu. Neredeyse farkında olmaksızın, gittikçe daha çok yaklaşıyordum. Neyse ki nöbetçi, benim hiç kuşkusuz tuhaf görünen davranışlarıma dikkat etmiyordu; belki de bir insanın iki saat boyunca ayakta durduktan sonra biraz duvara dayanmak istemesini çok doğal saymıştı. Sonunda artık pardösünün yanına varmıştım ve ellerimi de, dikkati çekmeksizin paltoya dokunabilsinler diye, arkama götürmüştüm. Kumaşa dokundum ve arkasında gerçekten dörtgen biçiminde bir şeyin varlığını hissettim; bu şey esnekti ve hafiften hışırdıyordu –bir kitap! Bir kitap! Ve düşünce, kafamda bir şimşek gibi çaktı: Çal o kitabı! Belki de başarırsın ve hücrende saklarsın, sonra da okursun, okursun, okursun, sonunda tekrar okuyabilirsin! Bu düşünce içime girer girmez bir zehir etkisi yaratmaya başlamıştı; ansızın kulaklarım uğuldamaya ve kalbim deli gibi atmaya başladı, ellerim buz kesmişti ve artık beni dinlemiyorlardı. Fakat ilk uyuşukluğun hemen ardından hafiften ve gizlice pardösüye daha da yaklaştım, gözlerimi nöbetçiden hiç ayırmaksızın arkamda sakladığım ellerimle cebin içinden kitabı yukarıya, gittikçe, gittikçe yukarıya doğru itmeye başladım. Ve sonra: Bir tutma hareketi, hafif, dikkatli bir çekiş ve ansızın küçük, çok kalın olmayan kitabı elimde buldum. İşte o anda kendi yaptığımdan korkuya kapıldım. Ama artık geri dönemezdim. İyi de, kitabı nereye koyacaktım? Cildi arkamda, pantolonun altına, kemerin pantolonu tuttuğu yere, oradan da yavaş yavaş kalçaya doğru ittim, böylece yürürken kitabı elimle ve askerce bir tutuşla pantolon dikişinin geçtiği yerde sabit tutabilecektim. Şimdi sıra, ilk provayı yapmaya gelmişti. Gardıroptan uzaklaştım, bir adım, iki adım, üç adım uzaklaştım. Oluyordu. Elimi kemere sıkıca bastırdığım takdirde, kitabı yürürken tutabiliyordum.

Sonra sıra sorguya geldi. Bu sorgu benim açımdan her zamankinden daha zahmetli oldu, çünkü cevap verirken aslında bütün gücümü ifadem üzerinde değil, fakat kitabı dikkati çekmeksizin sıkı tutabilmek üzerinde yoğunlaştırmıştım. Neyse ki sorgu bu defa kısa sürdü ve kitabı odama salimen getirebildim –burada ayrıntılarla zamanınızı almak istemiyorum, bir ara, koridorun ortasındayken, kitap tehlikeli bir biçimde pantolondan aşağıya kaydı ve ben de eğilip kitabı tekrar kuşağın altına itebilmek için şiddetli bir öksürük nöbetine yakalanmış gibi yapmak zorunda kaldım. Fakat kitapla birlikte cehennemime geri döndüğüm an, ne andı! Sonunda yalnızdım ve artık asla yalnız olmayacaktım!

Şimdi herhalde hemen kitabı elime aldığımı, gözden geçirip, okuduğumu tahmin ediyorsunuzdur. Asla! İlk yapmak istediğim, yanımda kitap olmasından kaynaklanan bir tür ön hazzı tatmaktı, çalınmış olan bu kitabın ne türden bir kitap olmasını en çok yeğleyeceğimi düşlememden doğan, asıl olayı yapay bir biçimde geciktiren, sinirlerimi olağanüstü tahrik hazzı yaşamaktı: Kitap, her şeyden önce çok küçük puntoyla basılmış olmalıydı, pek çok harf içermeliydi, çok, ama çok fazla sayıda incecik sayfaları bulunmalıydı, böyle olmalıydı ki, daha uzun zaman okuyabileyim. Ve sonra bir başka isteğim de, kitabın sığ değil, ama tinsel açıdan beni zorlayacak bir eser olmasıydı, kolay değil, fakat insanın öğrenebileceği, ezbere öğrenebileceği bir eser, belki şiir ve en iyisi de –ne cüretkâr bir düş!– Goethe veya Homeros. Fakat sonunda açgözlülüğümü, merakımı daha fazla engelleyemedim. Nöbetçi ansızın kapıyı açtığı takdirde beni yakalayamasın diye yatağa uzandıktan sonra, titreyerek kuşağımın altından kitabı çektim.

İlk bakış, bir düş kırıklığıydı ve dahası acıyla yoğrulmuş bir öfkeydi: Onca büyük tehlikelerle ele geçirilmiş, onca yakıcı bir beklentiyle saklanmış olan bu kitap, satranç oyununa ait bir seçkiden, yüz elli şampiyonluk oyununu bir araya getiren bir seçkiden başka bir şey değildi. Sürgülerin ve kilitlerin ardında olmasaydım eğer, duyduğum ilk öfkeyle birlikte kitabı açık bir pencereden fırlatıp atardım, çünkü bu saçmalık ne işime yarayacaktı ki? Lisedeyken, öteki oğlan çocukları gibi ben de arada sırada can sıkıntısından bir satranç tahtasının başına geçip oynamaya çalışmıştım. Fakat bu kuramsal metinle ne yapabilirdim? Satranç, bir hasım olmadan oynanamazdı, hele taşlarsız ve satranç tahtasız hiç oynanamazdı. Keyfim kaçmış olarak ve belki yine de okunabilecek bir şey, bir giriş, bir rehber keşfedebilirim diye sayfaları karıştırdım; ama şampiyonalardaki oyunlara ait çıplak ve kare biçimi diyagramlardan, onların altında da başta bana anlaşılmaz gelen a2-a3, Sf1-g3 gibi işaretlerden başka hiçbir şey bulamadım. Bütün bunlar bana, elimde anahtarı bulunmayan bir tür cebir işlemi gibi gözüküyordu. Ancak zaman geçtikçe a, b, c harflerinin yatay sütunlar, 1'den 8'e kadarki sayıların da dikey sütunlar için kullanılmış olduğunu ve her figürün o anda bulunduğu yeri belirlediğini çözdüm; böylece salt grafik nitelikteki diyagramların yine de bir dili olmuş oldu. Belki de, diye düşündüm, hücremde bir tür satranç tahtası tasarımlayabilirim ve ondan sonra da bu satranç partilerini tekrar edebilirim; yatak örtümün rastlantı sonucu kaba kare biçimi desenlerden oluşması, benim için gökten gelen bir işaretti. Doğru katlandığı takdirde örtü, altmış dört kare elde edilebilecek biçimde düzenlenebiliyordu. Bu durumda önce kitabı şiltenin altına sakladım ve ilk sayfayı yırtıp aldım. Daha sonra ekmeklerimden biriktirdiğim küçük kırıntıları, elbette gülünç denilecek kadar acemice olmak üzere, şah, vezir ve öteki figürler halinde yoğurmaya başladım; sonsuz çabalardan sonra nihayet kareli yatak örtüsünün üstünde satranç kitabında resimleri bulunan pozisyonları yeniden kurmaya girişebildim. Ama bütün bir oyunu tekrar etmek istediğimde, ekmek kırıntılarından yapılma ve birbirlerinden ayırabileyim diye yarısını toza bulayıp koyulttuğum gülünç figürlerimle birlikte önce tam bir başarısızlığa uğradım. İlk günler taşları sürekli karıştırıyordum: Aynı oyuna beş kez, on kez, yirmi kez hep baştan başlamak zorunda kalıyordum. Fakat şu yeryüzünde benim gibi, yani hiçliğin kölesi olan biri kadar kullanılmamış ve yararsız zamana sahip bulunan biri var mıydı? Kim benimkisi kadar ölçüsüz bir tutkuya ve sabra sahipti? Aradan henüz altı gün geçmişti ki, o partiyi hiç kusursuz sonuna kadar götürdüm, ondan sekiz gün sonra satranç kitabındaki pozisyonları kendi açımdan somut biçimde görebilmem için artık yatak örtüsünün üstündeki ekmek kırıntılarına ihtiyacım kalmamıştı; aradan bir sekiz gün geçtikten sonra ise kareli yatak örtüsü de gerekliliğini yitirdi; kitabın başlangıçta soyut nitelik taşıyan a1, a2, c7 ve c8 gibi işaretleri, alnımın arkasında görsel, plastik konumlara dönüşmüştü. Dönüşüm, tam anlamıyla başarılmıştı: Satranç tahtasını taşlarıyla birlikte iç dünyama yansıtmıştım ve tıpkı deneyimli bir müzisyenin bütün sesleri ve bunların birlikteliğini duyabilmesi için sadece notalara bakmasının yeterli olması gibi, ben de yalnızca formüllerin yardımıyla belli bir konumu kuşbakışı görebiliyordum. Aradan on dört gün daha geçtikten sonra, kitaptaki her satranç partisini ezbere –ya da teknik terimiyle: körlemesine– tekrar edebilecek hale gelmiştim; küstahça yaptığım hırsızlık sonucu kendi adıma ne kadar ölçüsüz bir esenliği fethetmiş olduğumu ancak yeni yeni anlamaya başlamıştım. Çünkü ansızın yapacak bir işim olmuştu –anlamsız, amaçsız bir iş diyebilirsiniz buna eğer isterseniz, ama yine de etrafımdaki hiçliği hiçe indirgeyen bir etkinlikti, yüz elli turnuva oyunuyla birlikte elime zamanın ve mekânın baskısına karşı mucizevi bir silah geçmişti. Bu yeni meşguliyetin çekiciliğini sürekli koruyabilmek için, o andan başlayarak her günü titizlikle programladım: İki parti sabah, iki parti öğlenden sonra oynuyor, akşamları da hızlı bir tekrar yapıyordum. Böylece eskiden jelatin gibi ve herhangi bir biçimden yoksun olarak uzadıkça uzayan günlerim artık dolmuştu, yorgun düşmeksizin sürekli meşguldüm, çünkü satranç oyununun tinsel enerjileri dar sınırlarla çevrili bir alana sürgün ederek, en zorlayıcı düşünme edimlerinde bile beyni bitkin düşürecek yerde onun ataklığını ve gerilim gücünü daha da yükseltmek gibi mucizevi bir üstünlüğü vardır. Bende de zamanla ilk önceleri turnuva oyunlarının salt mekanik nitelikteki tekrarlanması noktası, yerini sanatsal, zevk kaynağı bir anlayışın uyanışına bırakmaya koyuldu. Saldırının ve savunmanın inceliklerini, tuzaklarını, netlik noktalarını anlamaya başladım, ileriyi düşünmenin, bağlantılar kurmanın, doğrudan saldırıya geçmenin tekniğini kavradım ve çok kısa bir süre sonra tek tek her satranç ustasının bireysel oyun oynama biçiminden yansıyan kişisel özelliğini, tıpkı insanın bir şairin dizelerini birkaç satırla saptayabilmesi gibi, hiç yanılmadan görür oldum; sadece vakit geçirmeye yarayan bir meşguliyet olarak başlayan şey, bir hazza dönüştü ve Alehin, Lasker, Bogolyubov, Tartakower gibi satrancın büyük strateji uzmanları, yalnızlığıma sevdiğim dostlar olarak girdiler. Sessizlik içerisindeki hücre, her gün sonsuz değişimlerle ruh kazanıyordu ve özellikle alıştırmaların belli bir düzen içerisinde akışı düşünebilme yeteneğime sarsılmış olan güvenini yeniden kazandırmaktaydı; beynimi tazelenmiş ve dahası, sürekli düşünmenin disiplini aracılığıyla, yeniden bilenmiş gibi hissetmekteydim. Artık çok daha net ve yoğunlaşarak düşünebildiğim, kendini özellikle sorgularda belli etmekteydi; satranç tahtasının başında farkına varmaksızın kendimi sahte tehditlere ve gizli tuzaklara karşı savunma konusunda yetkinleştirmiştim; o andan başlayarak, sorgular sırasında artık hiçbir açık vermedim ve dahası, Gestapo üyelerinin bana zamanla belli bir saygıyla bakmaya başladıklarını hisseder gibi oldum. Ötekilerin hepsinin yıkılıp çözüldüklerini görmüş oldukları için, içlerinden belki de böylesine sarsılmaz bir direniş için gereken gücü hangi gizli kaynaklardan almış olabileceğimi sormaktaydılar.

O kitaptaki yüz elli partiyi sistematik bir biçimde her gün oynadığım bu mutlu dönemim yaklaşık iki buçuk üç ay sürdü. Sonra kendimi hiç beklenmedik bir biçimde bir ölü noktada buldum. Ansızın yeniden hiçliğin önündeydim. Çünkü her parti, yirmi veya otuz kez yeniden oynamamın ardından, yenilikten ve sürprizlerden kaynaklanan çekiciliğini benim için artık yitirmişti, başlangıçta onca heyecan verici, teşvik edici olan gücü tükenmişti. Her hamlesini çoktandır ezbere bildiğim oyunları bir daha, bir daha oynamanın bir anlamı var mıydı? Ben daha ilk açılışı yapar yapmaz bu açılışın sonraki akışı neredeyse kendiliğinden içimde çözülüveriyordu, artık sürprizler, gerilimler, problemler kalmamıştı. Kendimi oyalamak için, artık onlarsız yapamadığım çabaları ve dikkatimi başka noktalara çekebilecek eylemleri yeniden yaratabilmek için şimdi içinde farklı satranç partilerinin bulunduğu bir başka satranç kitabı gerekirdi. Ama tamamen olanaksız olduğundan, bu tuhaf yörüngede izlenebilecek yalnızca tek bir yol vardı: Eski oyunların yerine yenilerini icat etmek zorundaydım. Kendi kendimle veya daha doğrusu kendime karşı oynamayı denemeliydim.

Sizin bu oyunların oyunundaki tinsel konum üzerine şimdiye kadar ne ölçüde düşünmüş olduğunuzu bilemiyorum. Ancak rastlantıyla hiç ilintisiz, salt düşünce oyunu niteliğinde bir oyun olan satranç açısından insanın kendi kendisine karşı oynamak istemesinin mantıken tam bir saçmalık olduğu, en yüzeysel düşünceyle dahi anlaşılabilecek bir şeydir. Çünkü aslında satrancın çekici yanı, stratejisinin birbirinden farklı iki beyinde ayrı ayrı gelişmesidir, bu tinsel savaşta siyahın beyazın manevralarını bilmemesi, bu yüzden de sürekli anlamaya ve önlemeye çalışmasıdır; öte yandan beyaz da siyahın gizli amaçlarını aşmak ve engellemek çabasındadır. Şimdi siyah ile beyaz tek ve aynı kişilikte birleştiklerinde, ortaya tek ve aynı beynin eşzamanlı olarak bir şeyi bilmesinin ve ama bilmemesinin gerekmesi, beyaz olarak hareket ettiğinde daha bir dakika önce siyah tarafken istemiş ve amaçlamış olduğunu bir komutla bütünüyle unutmayı başarabilmesi gibi saçma bir durum çıkar. Bu tür bir çifte düşünme eylemi, bilincin mutlak anlamda bölünmesini, beynin işlevinin sanki mekanik bir aygıtmışçasına istendiği zaman açılıp kapatılabilmesini koşul kılar; demek ki satrançta insanın kendi kendisine karşı oynamak istemesi, kendi gölgesinin üzerinden atlamak istemesi gibi anlamsız bir zıtlık durumudur.

Şimdi, kısaca söylemem gerekirse eğer, bu olanaksızlığı, bu saçmalığı aylar boyunca denedim. Ancak katıksız bir deliliğin veya mutlak anlamda hastalıklı bir ruhsal durumun tutsağı olmamak için bu saçmalıktan başka yapabileceğim bir seçim yoktu. Durumumun korkunçluğu nedeniyle, bir Siyah Ben ve bir de Beyaz Ben olmak üzere, bu iki parçaya ayrılmayı en azından denemek zorundaydım, çevremi saran o korkunç hiçliğin altında ezilmemek için."

Dr. B. şezlongda geriye doğru yaslandı ve bir dakika için gözlerini kapattı. Sanki çok tedirgin edici bir anıyı bastırmak ister gibiydi. Engel olamadığı o tuhaf titreme, yine ağzının sağ ucundan geçti. Sonra şezlongunda biraz daha doğrularak oturdu.

"Evet –bu noktaya kadar size her şeyi epey anlaşılır biçimde açıklayabildiğimi sanıyorum. Fakat bundan sonrasını da size benzer bir açıklıkla, somut olarak anlatabileceğimden kesinlikle emin değilim. Çünkü sözünü ettiğim yeni meşguliyet, beynin kendisine yönelik başkaca her türlü denetimini olanaksız kılacak ölçüde bir gerilim içerisinde çalışmasını koşul kılıyordu. Zaten insanın kendi kendisine karşı satranç oynamak istemesinin başlı başına bir saçmalık olduğunu size ima etmiştim; ancak önümde gerçek bir satranç tahtası bulunsaydı, böyle bir saçmalığa bile çok düşük dahi olsa şans tanınabilirdi, çünkü satranç tahtası gerçekliğiyle yine de belli bir mesafeye, bir dokunulmazlığa olanak tanır. Üstünde gerçek figürlerin yer aldığı gerçek bir satranç tahtasının önünde insan düşünmek için aralar verebilir, tamamen bedensel olarak masanın bazen bir yanına bazen öteki yanına geçebilir ve böylece duruma bazen siyah açısından bazen de beyaz açısından bakabilir. Fakat kendime karşı, veya dilerseniz eğer, şöyle söyleyelim, kendimle yapacağım bu kavgaları düşsel bir uzama yansıtmaya zorlanmış olan ben, bilincimde her defasında altmış dört karedeki durumu açıkça saptamak, üstelik de her iki taraf açısından taşların sadece anlık durumlarını değil, ama ondan sonraki olası hamlelerini de tahmin etmek zorundaydım ve ayrıca –bütün bunların kulağa ne kadar saçma geldiğini biliyorum– her bir Ben'im için, siyah ve beyaz için, hep dört veya beş hamle öncesinden iki kez, üç kez, hayır, altı kez, sekiz kez, on iki kez hayal etmek durumundaydım. Yani –bu delilik üzerinde düşünmenizi beklediğim için sizden özür dilerim– bu oyunda imgelemin soyut uzamında beyazla oynayan oyuncu olarak dört veya beş hamleyi önceden hesaplamak zorundaydım ve aynı şey, siyahla oynayan oyuncu olduğumda da geçerliydi, başka deyişle, gelişmenin seyri içerisinde ortaya çıkacak bütün durumları bir anlamda iki beyinle, yani beyazın beyniyle ve siyahın beyniyle önceden kurgulamam gerekiyordu. Fakat bu karmakarışık deneyimin en tehlikeli yanı, sözünü ettiğim kendi kendini iki parçaya ayırmak değildi; en tehlikeli olan şey, tarafları sürekli olarak kendi kafamda icat ederken, artık ayaklarımla yere basamaz hale geliyor ve bir dipsizliğin içine yuvarlanıyordum. Ondan önceki haftalarda talim ettiğim gibi, ustaların oyunlarını yalnızca tekrarlamak, sonuçta bir üretilmişi yeniden üretme edimiydi, zaten var olan bir malzemenin yeniden işlenmesiydi ve bu yönüyle benim açımdan şiir ezberlemekten veya yasa maddelerini belleğime geçirmekten daha yorucu değildi, sınırları belli, disiplinli bir çabaydı ve bundan ötürü de mükemmel bir zihin alıştırmasıydı. İki oyunum, yani sabahları iki, öğleden sonraları da iki olmak üzere denediğim partiler, hiçbir gerilime kapılmaksızın yaptığım belli ev ödevleri gibiydi; benim için normal bir meşguliyetin yerine geçiyordu ve ayrıca, bir oyunun akışı sırasında yanıldığımda veya ne yola nasıl devam edeceğimi bilemediğimde, elimdeki kitaptan her zaman bir destek alabiliyordum. İşte yalnızca bu nedenden ötürü, yani başkalarına ait oyunları tekrar ederken kendim oyuna girmediğimden, bu çaba sarsılmış sinirlerim için onca iyileştirici ve daha çok yatıştırıcı etki yaratmıştı; siyahın veya beyazın galip gelmesini umursamıyordum, zira şampiyonluk için savaşanlar aslında Alehin veya Bogolyubov'du ve benim kişiliğim, aklım, ruhum sadece bir seyirci, oyundan anlayan biri olarak o partilerin düğüm noktalarının ve güzelliklerinin tadını çıkarmaktaydı. Oysa kendime karşı oynamayı denediğim andan itibaren bilincinde olmaksızın kendime meydan okumaya başlamıştım. İki Ben'imden her biri, yani Siyah Ben ve Beyaz Ben, birbirleriyle rekabet etmek zorundaydılar ve her biri kendi adına galip gelmek, kazanmak için kendini bir tutkuya, bir sabırsızlığa kaptırıyordu; Siyah Ben olarak yaptığım her hamlenin ardından, hararetle Beyaz Ben'in ne yapacağını bekliyordum. İki Ben'den her biri, öteki bir yanlış yaptığında bir zafer sevinci yaşıyor, ama bununla eşzamanlı olarak da kendi beceriksizliğinden ötürü öfkeye kapılıyordu.

Bütün bunlar anlamsız görünüyor ve gerçekten de, böyle yapay bir şizofreni, yarattığı tehlikeli heyecanın dozuyla birlikte böyle bir bilinç bölünmesi, normal durumdaki normal bir insan için düşünülemez. Fakat şunu unutmayın ki, ben her türlü normallikten kaba güç kullanılarak koparılmıştım, bir tutukluydum, suçsuz yere hapsedilmiştim, aylardır ustaca bir biçimde yalnızlığın işkencesinden geçiyordum, birikmiş olan çılgınca öfkesini çoktandır herhangi bir şeye boşaltmak isteyen bir insandım. Ve elimde kendime karşı oynayacağım bu anlamsız oyundan başka bir şey bulunmadığından, öfkem, öç alma tutkum fanatik bir biçimde bu oyuna akmıştı. İçimde bir şey haklı çıkmak istemekteydi, ama ne yazık ki kendisiyle tek savaşabileceğim, içimdeki öteki Ben'di; böylece oyunun akışı içerisinde neredeyse manik bir heyecan noktasına yükseliyordum. Başlangıçta henüz sakin ve dengeli düşünüyordum, iki oyun arasında yorgunluğum geçsin diye mola veriyordum; fakat zamanla iyice bozulan sinirlerim artık beklememe olanak tanımaz oldu. Beyaz Ben bir hamle yapar yapmaz Siyah Ben, hararetle öne atılıyordu; bir parti biter bitmez bir sonraki için kendi kendime meydan okuyordum, çünkü her defasında iki Satrançtaki Ben'den biri ötekine yenik düşüyor ve rövanş talep ediyordu. Bu delice doymak bilmezlik yüzünden o son aylar boyunca hücremde kendi kendime karşı kaç oyun oynamış olduğumu hiçbir zaman yaklaşık olarak bile söyleyemeyeceğim –belki bin oyun, belki de daha fazlasını oynamışımdır. Karşısında kendimi savunamadığım bir saplantı içerisindeydim; sabahın köründen geceye kadar fillerden, piyonlardan, kalelerden, şahlardan, a'dan, b'den, c'den, mattan ve roktan[5] başka bir şey düşünemez olmuştum, bütün varlığımla ve duygularımla o karelerden oluşma satranç tahtasının içine hapsolmuştum. Oyundan alınan zevk bir oyun tutkusuna, oyun tutkusu bir oynama zorunluluğuna, bir maniye, çılgınca bir öfkeye dönüşmüştü; bu öfke yalnızca uyanık geçen saatlerimi değil, fakat giderek uykumu da doldurmaya başlamıştı. Yalnızca satrancı düşünebiliyordum, satrancın hareketlerini ve problemlerini düşünebiliyordum; bazen alnım terlemiş olarak uyanıyor ve uykuda bile bilincinde olmaksızın oynamış olmam gerektiğinin farkına varıyordum ve insanlara ilişkin rüyalar gördüğümde de o insanların tümü yalnızca piyonlar ve kaleler gibi

---

5 Rok: Satranç oyununda şah ile kalenin karşılıklı olarak yer değiştirmesi. (ç.n.)

hareket ediyorlardı, filler gibi ileriye ve geriye gidiyorlardı. Sorgu için çağrıldığımda artık sorumluluğum üzerinde derli toplu düşünemiyordum; içimde sanki son sorgular sırasında kendimi epey karışık ifade etmiş olduğum gibi bir duygu vardı, çünkü beni sorguya çekenler bazen hayretle birbirlerine bakıyorlardı. Oysa onlar sorarlarken ve aralarında görüşürlerken, ben yalnızca hücreme geri götürülmeyi bekliyordum, oyunumu, o delice oyunumu sürdürmek için, yeni bir parti ve sonra bir tane daha, bir tane daha oynamak için. Bu konuda her kesintiye uğrayıştan rahatsızlık duyuyordum; nöbetçinin hücreyi derleyip toparladığı bir çeyrek saat, yemeğimi getirdiği iki dakika bile ateşli sabırsızlığımı acıya çeviriyordu; kimi akşamlar yemek hâlâ el değmemiş olarak duruyordu, oyun yüzünden yemek yemeyi unutmuş oluyordum. Bedensel olarak hissettiğim tek şey korkunç bir susuzluktu; herhalde sürekli düşünmenin ve oynamanın yol açtığı ateş yüzünden olmalıydı; şişeyi iki kaldırışta sonuna kadar içiyordum ve nöbetçiyi daha çok vermesi için rahatsız ediyordum, ama buna rağmen bir saniye sonra dilimin ağzımda kupkuru olduğunu hissediyordum. Sonunda oyun oynarkenki heyecanım –ve sabahtan gece yarılarına kadar zaten oyun oynamaktan başka bir şey yapmıyordum– o dereceye vardı ki, artık bir an bile oturduğum yerde kalamaz oldum; oyunlar üzerinde düşünürken sürekli gidip geliyordum, gittikçe hızlı, daha hızlı, çok daha hızlı gidip geliyordum, oyunun sonu yaklaştıkça daha çok kızışıyordum; kazanmak, galip gelmek, kendi kendimi yenmek giderek bir tür öfkeye dönüşmüştü, sabırsızlıktan titriyordum, çünkü içimdeki Ben'lerden birinin karşısında her zaman öteki, bana göre çok ağırdı. Biri, ötekini kışkırtmaktaydı; size ne kadar gülünç gelirse gelsin, kendime sövüp saymaya başlamıştım; içimdeki Ben'lerden biri ötekinin hamlesine yeterince çabuk karşılık vermediğinde, 'çabuk, çabuk!' veya 'hadi, hadi!' diye bağırıyordum. Bugün elbette çok net bir biçimde biliyorum ki, bu durumum aşırı tinsel yüklenmenin bütünüyle patolojik bir biçimiydi ve bunun için tıpta bugüne kadar bilinmeyen bir addan, 'satranç zehirlenmesi' nitelendirmesinden başkaca bir ad bulamıyorum. Sonunda bu manik saplantı, yalnızca beynime değil fakat bedenime de saldırmaya başladı. Zayıfladım, tedirgin ve rahatsız uyumaya başladım, uyandığımda kurşun gibi ağırlaşmış olan gözkapaklarımı açılmaya zorlarken her defasında özel bir çabaya gerek duyuyordum; bazen kendimi öyle zayıf hissediyordum ki, bir bardağı tuttuğumda dudaklarıma güçlükle götürebiliyordum, ellerim öylesine titremeye başlamıştı; fakat oyun başlar başlamaz vahşi bir güce kavuşuyordum: Yumruklarım sıkılmış halde oraya buraya koşuyordum ve bazen, sanki kızıl renkli bir sisin içinden süzülerek geliyormuş gibi, kendi sesimin kısık ve kötücül bir tonda 'şah' ya da 'mat!' diye haykırdığını duyuyordum.

Bu korkunç ve tarifi olanaksız durumun nasıl bir krize dönüştüğünü kendime bile anlatabilecek durumda değilim. Bu konuda bütün bildiğim şu, bir sabah uyandım ve bu, farklı bir uyanıştı. Bedenim sanki benden çözülüp ayrılmıştı, yumuşak ve rahat bir yatıştaydım. Gözkapaklarımın üstünde aylardır yabancısı olduğum, yoğun ve hoş bir yorgunluk vardı; bu yorgunluk öylesine sıcaktı ve iyi geliyordu ki, önce gözlerimi açmaya karar veremedim. Dakikalarca öyle uyanık yattım ve bu ağır kafa bulanıklığının, şehvetin uyuşturduğu duyuların eşliğindeki bu masmavi yatışın keyfini çıkardım. Ansızın sanki arkamdan sesler duyar gibi oldum, birtakım kelimeler konuşan, canlı insanlara ait seslerdi ve bunun üzerine duyduğum mutluluğu tahmin bile edemezsiniz, çünkü aylar boyunca, neredeyse bir yıldır yargıç kürsüsünün önündeki sert, acımasız ve kötü kelimelerden başkaca bir şey duymamıştım. 'Rüya görüyorsun,' dedim kendi kendime. 'Rüya görüyorsun! Sakın açayım deme gözlerini! Bırak bu rüya biraz daha sürsün, yoksa çevrende yine o lanet olasıca hücreyi, sandalyeyi, lavaboyu, masayı ve o desenleri hiç değişmeyen duvar kâğıdını görürsün. Rüya görüyorsun –devam et görmeye!'

Fakat merak ağır bastı. Ağır ağır ve dikkatle gözkapaklarımı kaldırdım. Ve mucizenin ta kendisi: Bulunduğum yer, başka bir odaydı, benim oteldeki hücremden daha geniş ve daha rahat bir oda. Parmaklıksız bir pencereden içeriye ışık, özgürce dökülmekteydi; o kaskatı yangın duvarım yerine ağaçlara, rüzgârda dalgalanan yeşil ağaçlara bakabiliyordum, duvarlar beyaz ve mat parıltılıydı, üzerimdeki tavan beyazdı ve yüksekteydi –evet, gerçekti, yeni ve yabancı bir yatakta yatıyordum ve evet, arkamda fısıldayan insan sesleri vardı ve bu da gerçekti. Kapıldığım şaşkınlık nedeniyle ister istemez herhalde sert bir hareket yapmış olmalıydım, çünkü arkamdan bana doğru yaklaşan bir ayak sesi duyuyordum. Hareketleri esnek olan bir kadın geldi, saçlarının üstünde beyaz bir bone vardı, bir bakıcı, bir hemşire olmalıydı. Her yanımı bir haz dalgası kapladı: Bir yıldır hiç kadın yüzü görmemiştim. Bakışlarımı bu hoş manzaraya diktim ve bu, vahşi, coşku dolu bir bakış olmalıydı, çünkü yaklaşmakta olan kadın beni ısrar edercesine 'Sakin olun! Yattığınız yerde kalın!' diye yatıştırdı. Ama ben, yalnızca onun sesini dinliyordum –bir insan değil miydi bu konuşan? Yeryüzünde beni sorguya çekmeyen, bana acı vermeyen bir insan kalmış mıydı hâlâ gerçekten? Ve üstelik –akıl almaz bir mucize gibi!–, bu duyduğum yumuşak, sıcak neredeyse sevecen bir kadın sesiydi. Ağzına susamış gibi bakıyordum, çünkü yaşadığım o cehennemden farksız yıl boyunca bir insanın bir başka insanla insanca konuşması, benim için artık düşünülebilir bir olasılık olmaktan neredeyse çıkmıştı. Kadın bana gülümsüyordu –evet, gülümsüyordu, iyilikle gülümseyebilen insanlar vardı hâlâ–, ama sonra parmağını uyarırcasına dudaklarına götürdü ve sessizce yoluna devam etti. Fakat ben onun isteğini yerine getiremedim. Henüz o mucizeye bakmaya doyamamıştım. Arkasından bakabilmek için zorla yatakta doğrulmaya çalıştım, bu insan kılığındaki iyi kalpli mucizenin arkasından daha bir süre bakmak istedim. Ama yatağın kenarına dayanarak doğrulmak istediğimde, bunu başaramadım. Normalde sağ elimin, parmaklarımın ve bileğimin bulunduğu yerde yabancı bir şey, kalın, büyük, beyaz bir kabarıklık hissettim, herhalde kat kat dolanmış bir sargı olmalıydı. Elimdeki bu beyaz, kalın, yabancı şeye önce ne olduğunu anlamaksızın hayretle bakakaldım, sonra ağırdan nerede olduğumu anlamaya ve başıma ne gelmiş olabileceğini düşünmeye başladım. Birileri beni yaralamış olmalıydı veya elimi ben kendim yaralamıştım. Bir hastanedeydim.

Öğlen vakti doktor geldi, sevimli ve yaşlıca bir adamdı. Ailemin adını tanıyordu ve eskiden imparatorun özel doktoru olan amcamdan öylesine saygıyla söz etti ki, hemen bana yaklaşımının olumlu olduğu duygusuna kapıldım. Konuşmamız boyunca bana çeşitli sorular sordu, bu arada özellikle bir tanesi şaşırtıcıydı –matematikçi veya kimyager olup olmadığımı sormuştu. Hayır diye karşılık verdim.

'Tuhaf,' diye mırıldandı. 'Ateşiniz varken, hep yüksek sesle c3, c4 gibi formülleri tekrar ettiniz. Hiçbirimiz bir şey anlayamadık.' Bana ne olduğunu sordum. İlginç bir ifadeyle gülümsedi.

'Ciddi bir şeyiniz yok. Akut bir sinir rahatsızlığı, o kadar,' ve dikkatle çevresine bakındıktan sonra, alçak sesle ekledi: 'Sonuçta çok anlaşılır bir şey. 13 Mart'tan beri, değil mi?' Başımla onayladım.

'Bu yöntem düşünülürse, şaşırtıcı değil,' diye mırıldandı. 'Siz ilk değilsiniz. Ama kaygılanmayın.'

Bunu bana yatıştırıcı bir ifadeyle fısıldamasından ve aynı ifadeyi taşıyan bakışları sayesinde, onun yanında güvende olduğumu anladım.

İki gün sonra iyi yürekli doktor, olanları epey açık biçimde anlattı. Nöbetçi hücremde bağırdığımı duymuş ve önce içeri giren biriyle kavga ettiğimi sanmıştı. Fakat kapıda belirir belirmez ben üstüne saldırmış, avaz avaz: 'Oyna artık, serseri, korkak herif!' diye yüzüne bağırmışım, gırtlağına sarılmaya çalışmışım ve sonunda o kadar vahşileşmişim ki, adam yardım çağırmak zorunda kalmış. Daha sonra, beni o kudurmuş halimle doktor muayenesi için sürükleyip götürürlerken, ansızın ellerinden kurtulmuşum, koridordaki pencereye saldırmışım, camı kırmışım ve o arada elimi kesmişim –bakın, derin yaranın izi hâlâ burada. Hastanedeki ilk gecelerimi beynimden kaynaklanan ateşli bir nöbet içerisinde geçirmişim, ama doktora göre bilincim artık tamamen yerindeydi. 'Elbette,' diye ekledi kısık sesle, 'bunu yukarıdakilere bildirmemem daha iyi olur, yoksa sonunda sizi oraya tekrar geri götürürler. Bana güvenebilirsiniz, elimden geleni yapacağım.'

Bu yardımsever doktorun bana acı çektirmiş olanlara hakkımda anlattıkları, bilgim dışında. Fakat istediği sonucu elde etti ve serbest bırakılmamı sağladı. Belki sorgulanma ehliyetimin olmadığını söylemiştir ya da o arada Gestapo için artık önemsiz biri olup çıkmışımdır, çünkü aradan geçen süre içerisinde Hitler, Bohemya'yı işgal etmişti ve böylece artık Avusturya diye bir sorunu kalmamıştı. Tek yapmam gereken, vatanımızı on dört gün içerisinde terk edeceğime dair bir taahhütname imzalamaktı ve bu on dört gün, bir zamanların dünya vatandaşının yurtdışına çıkabilmek için halletmesi gereken binlerce formaliteyle –askerlik belgeleri, polis, vergi, pasaport, vize, sağlık belgesi– öylesine doluydu ki, geçmişte kalanlar üzerinde düşünmek için fazla zamanım yoktu. Anlaşıldığı kadarıyla beynimizde düzenleyici işlev gören esrarlı güçler var ve bunlar ruhu rahatsız edici ve tehlikeye sokucu şeyleri kendiliğinden devre dışı bırakıyor, çünkü ne zaman dönüp hücrede geçirdiğim zamanımı hatırlamak istesem, beynimde bir anlamda ışık sönüyordu; ilk kez haftalar ve haftalar sonra, aslında ancak burada, yani gemide, başıma neler geldiğini tekrar hatırlama cesaretini bulabildim.

Ve şimdi arkadaşlarınıza neden yakışık almaz ve muhtemelen de anlaşılmaz biçimde davranmış olduğumu sanırım anlayacaksınız. Arkadaşlarınızı satranç tahtasının başında otururken gördüğümde, sigara salonundan tamamen tesadüfen geçmekteydim; şaşkınlık ve korku yüzünden olduğum yere ister istemez saplanıp kaldığımı hissettim. Çünkü gerçek bir satranç tahtasının üstünde gerçek figürlerle satranç oynanabileceğini tamamen unutmuştum, bu oyunda birbirlerinden tamamen farklı iki insanın gerçekten karşı karşıya oturduklarını unutmuştum. Oradaki oyuncuların aslında çaresizliğimden dolayı aylarca kendi kendime karşı oynamaya çalıştığım oyunun aynısını oynadıklarını hatırlayabilmem için hakikaten aradan birkaç dakikanın geçmesi gerekti. Bir zamanki öfkeli alıştırmalarım sırasında kullanmış olduğum şifreler, sadece oradaki fildişi figürlerin temsilcisi ve simgesi olmuştu; satranç tahtasının üstünde bu figürleri oraya buraya götürüşümün düşünce düzeyimdeki düşsel oyunla temelde aynı olması karşısında duyduğum şaşkınlık, belki kâğıt üzerinde en karmaşık yöntemleri kullanarak yeni bir gezegenin varlığı sonucunu çıkaran ve daha sonra o gezegeni gökyüzünde beyaz, parlak ve somut bir yıldız olarak gören bir astronomun şaşkınlığıyla aynıydı. Bir mıknatısın çekim gücüne kapılmış gibi satranç tahtasına bakıyordum ve orada kendi diyagramlarımı –atı, kaleyi, şahı, veziri ve piyonları– tahtadan oyulmuş gerçek figürler olarak görüyordum; oyunun durumunu kuşbakışı görebilmek için, önce o partiyi ister istemez kendi soyut sayılar dünyamdan hareketli taşların dünyasına dönüştürmek zorunda kaldım. İçimde uyanan ve iki taraf arasında oynanan böyle gerçek bir oyunu izlemeye yönelik merak gittikçe büyümekteydi. Ve işte o sırada nahoş bir şey oldu ve ben, bütün nezaket kurallarını unutarak oyununuza karıştım. Fakat arkadaşınızın yanlış hamlesi bir bıçak gibi yüreğime saplanmıştı. Arkadaşınızı engellemem, tamamen içgüdüsel bir eylemdi, tıpkı insanın parmaklıktan aşağıya sarkan bir çocuğu hiç düşünmeksizin yakalaması gibi, itki sonucu gerçekleşen bir müdahaleydi. Acelem yüzünden kendimi içinde bulduğum yakışıksız davranışın bilincine ise ancak daha sonra varabildim."

Dr. B.'ye hemen böyle bir rastlantı sayesinde onunla tanışmaktan hepimizin son derece memnun olduğu konusunda garanti verdim ve bütün o anlattıklarından sonra, kendisini ertesi gün düzenlenen turnuvada izlemenin artık çok daha ilginç olacağını belirttim. Dr. B. tedirgin bir hareket yaptı.

"Hayır, çok şey beklemeyin. Benim için bir deneyden başka bir şey olmayacak ... acaba ... evet, acaba normal bir satranç oyunu oynayabilir miyim, gerçek bir satranç tahtasının üstünde, gerçek taşlarla ve karşımda canlı bir partnerle bir parti oynayabilir miyim, bunu gösterecek olan bir deney, o kadar ... çünkü bir konuda içimde hâlâ bir kuşku var; o zamanlar oynadığım yüzlerce ve belki de binlerce oyun, gerçekten bilinen türden satranç partileri miydi, yoksa sadece bir tür düşsel satranç mıydı, yüksek ateşin yol açtığı nöbet esnasında oynanan satranç mıydı, rüyada hep olduğu üzere, bütün ara aşamaların atlandığı, hastalık ürünü bir oyun muydu. Bir satranç şampiyonuna, üstelik de dünya şampiyonuna meydan okumak gibi bir hadsizlik yapacağımı umarım ciddi olarak düşünmezsiniz. Beni ilgilendiren ve bir şeyler yapmaya iten, sadece her şey olup bittikten sonra duyduğum merak; o zamanlar, hücredeki, gerçekten hâlâ satranç oyunu diye adlandırılabilir miydi, yoksa artık delilik miydi, o zamanlar tehlikeli bir uçurumun kenarına mı gelmiştim, yoksa içine düşmüş müydüm –bunu, yalnızca bunu bilmek istiyorum."

O anda geminin öteki ucundan akşam yemeğine çağıran çanın sesi duyuldu. Neredeyse iki saat konuşmuş olmalıydık –Dr. B., bana her şeyi burada özetlediğimden çok daha ayrıntılı anlatmıştı. Kendisine içtenlikle teşekkür edip ayrıldım. Ama daha güvertenin sonuna varmamıştım ki, arkamdan yetişti ve belirgin bir sinirlilikle, hatta biraz da kekeleyerek, ekledi:

"Bir şey daha var! Sonradan nezaketsizlik yapmış gibi olmayayım diye, bir noktayı o beylere önceden bildirmenizi rica edeceğim: Yalnızca bir tek parti oynarım ... o oyunun eski bir hesabın altına çizgi çekmekten başkaca bir anlamı olmayacak –yani kesin bir son, yoksa yeni bir başlangıç değil ... şimdi ancak tüylerim ürpererek hatırlayabildiğim o oyun tutkusuna ikinci bir kez kapılmak istemem ... ayrıca ... evet, ayrıca o zaman doktor da beni uyarmıştı ... önemle uyarmıştı. Bir maniye yakalanan kişinin durumu artık hep tehlikeli olurmuş ve bir satranç zehirlenmesi geçiren kişi için –iyileşmiş bile olsa– en iyisi, hiçbir satranç tahtasına yaklaşmamakmış... Sanırım anlıyorsunuz –benim için prova amaçlı olmak üzere tek bir parti, daha fazlası değil."

Ertesi gün tam kararlaştırılan vakitte, saat üçte sigara salonunda toplanmıştık. Çevremize bu krallara layık oyunu seven iki kişi daha katılmıştı; iki gemi subayı, turnuvayı izleyebilmek için güvertedeki görevlerinden özel izin almışlardı. Czentovic de bir önceki gün gibi bekletmemişti ve zorunlu renk seçiminden sonra bu Homo obscurrimus'un[6] ünlü dünya şampiyonuna karşı oynayacağı ilginç parti başladı. Bu partinin sadece bizim gibi acemi seyirciler için oynanmış ve oyunun akışının satranç yıllıkları açısından, aynen Beethoven'ın piyano doğaçlamalarının müzikte yer alamaması gibi kaybolup gitmiş olmasından ötürü üzüntü duyuyorum. Gerçi sonraki günlerin öğlenden sonralarında hep birlikte o partiyi belleklerimizde yeniden canlandırmaya çalıştık, fakat bu çaba boşuna oldu; oyun sırasında büyük bir olasılıkla hepimiz dikkatimizi oyunun akışından çok iki oyuncu üzerinde aşırı yoğunlaştırmıştık. Çünkü iki tarafın davranışlarındaki tinsel karşıtlık, parti boyunca bedensel bağlamda gittikçe artan ölçüde somutlaşmıştı. Böyle durumlara alışkın olan Czentovic, bütün o zaman içerisinde bir mermer blok gibi hareketsiz kaldı, gözleri sert bir ifadeyle ve kaskatı satranç tahtasına dikiliydi; düşünmek, onun açısından sanki bütün organlarını en yüksek düzeyde yoğunlaşmaya zorlayan fiziksel bir çabaydı. Buna karşılık Dr. B., tamamen esnek ve rahat hareket ediyordu. Kelimenin en güzel anlamıyla gerçek bir acemi olarak, yani oyunun yalnızca oyun yanından, diletto'sundan[7] mutluluk duyan biri kimliğiyle, bedenini tümüyle esnek bırakıyordu, verilen ilk aralar sırasında bizimle açıklayıcı konuşmalar yaptı, rahat bir tavırla bir sigara yaktı ve satranç tahtasına sadece sıra kendisine geldiğinde, o da bir dakika kadar, doğrudan baktı. Her defasında sanki hasmının hamlesini daha önceden hesaplamış gibi bir hali vardı.

---

6 Homo obscurrimus: Latince "tuhaf adam". (ç.n.)

7 Almancada "acemi" demek olan "Dilletant" sözcüğü, İtalyanca "dilettare", yani "zevk almak", "bir şeyi sırf zevk ve eğlence için yapmak" anlamını taşıyan sözcükten gelir; sözcüğün kökündeki "diletto" ise "zevk" demektir; yazar, metinde buna atıfta bulunmaktadır. (ç.n.)

Zorunlu açılış hamleleri epey çabuk geçiştirildi. Sıra ancak yedinci veya sekizinci hamlelere geldiğinde belli bir plan diye adlandırılabilecek bir şeyler somutlaşır gibi oldu. Czentovic, düşünmek için verdiği araları uzattı; bundan, avantaj elde etmeyi hedefleyen asıl kavganın başlamakta olduğunu hissettik. Ama doğru söylemek gerekirse, durumun ağır bir tempoyla gelişmesi, gerçek anlamda her turnuva oyununda olduğu gibi, biz acemiler açısından epey bir düş kırıklığı anlamına geldi. Çünkü figürler tuhaf bir desen biçiminde birbirlerine geçerek bir örgü oluşturdukları ölçüde bizim için de asıl durum anlaşılmaz bir hal aldı. Hasımların niyetlerinin ne olduğunu ve içlerinden hangisinin durumunun daha avantajlı sayılabileceğini algılayamıyorduk. Yalnızca tek tek figürlerin düşman cepheyi yarmak için tek koldan harekete geçtiklerinin farkına varıyorduk, fakat –böylesine usta oyuncularda her hareket hep birkaç hamle öncesinden hesaplanmış olduğundan– bütün bu gidiş gelişlerin stratejik amacını kavrayamıyorduk. Buna ağırdan insanı felce uğratan ve daha çok Czentovic'in sonsuz düşünme sürelerinden kaynaklanan bir yorgunluk da ekleniyordu; bu yorgunluk gözle görülür biçimde dostumuzu da tedirgin etmeye başlamıştı. Parti uzadıkça koltuğunda daha tedirgin oraya buraya kaydığını, kimi zaman sinirinden arka arkaya sigara yaktığını, kimi zaman da bir şeyler not etmek için kurşunkaleme sarıldığını kaygıyla izliyordum. Bazen de ısmarladığı madensuyunu bardak bardak içiyordu; oyunda bağlantıları Czentovic'den yüz kez daha hızlı kurduğu açıktı. Hasmı ne zaman sonsuz uzunlukta bir düşünme süresinin ardından ve ağırdan alan eliyle bir taşı öne sürmeye karar verse, dostumuz sadece uzun zaman beklediği bir şeyin gerçekleştiğini gören biri gibi gülümsüyor ve karşı hamlesini hemen yapıveriyordu. Çok hızlı çalışan aklıyla, hasmının bütün olasılıklarını kafasında önceden hesaplıyor olmalıydı; bu nedenle, Czentovic'in karar vermesi geciktiği ölçüde dostumuzun sabırsızlığı da artıyordu ve bekleyiş sırasında sıktığı dudaklarında öfkeli, neredeyse düşmanca bir ifade beliriyordu. Fakat Czentovic asla kendini aceleye getirtmiyordu. İnatla ve hiçbir şey söylemeksizin düşünüyor, önündeki alanda figürler tenhalaştıkça verdiği araları uzatıyordu. Kırk ikinci hamlede, yani aradan iki saat üç çeyrek geçtikten sonra, hepimiz artık yorgun düşmüş ve ilgimizi yitirmiş olarak turnuva masasının çevresinde oturmaktaydık. Gemi subaylarından biri kalkıp gitmişti, bir başkası okumak için eline bir kitap almıştı ve yalnızca her değişiklikte başını bir an için kaldırıp bakıyordu. Fakat tam o anda, Czentovic'in bir hamlesiyle birlikte, beklenmedik olay da gerçekleşti. Dr. B., Czentovic'in öne sürmek üzere atı yakaladığını fark edince, atlamak üzere olan bir kedi gibi büzüldü. Bütün bedeni titremeye başlamıştı ve Czentovic atla yaptığı hamleyi tamamladığı anda sert bir hareketle veziri öne itti, yüksek sesle, zafer kazanmışçasına, "Evet! Bu iş tamamdır!" dedi, arkasına dayandı, kollarını göğsünün üstünde kavuşturdu ve meydan okurcasına Czentovic'e baktı. Gözbebeklerinde ansızın sıcak bir ışık belirmişti.

Böylesine bir zafer havasıyla ilan edilen hamleyi anlamak için elimizde olmadan satranç tahtasının üzerine eğildik. İlk bakışta doğrudan bir tehdit gözükmüyordu. Demek ki dostumuzun açıklaması, bizim gibi kısa vadeli düşünürlerin henüz hesaplayamayacağı bir gelişmeye ilişkin olmalıydı. Czentovic, aramızda o meydan okuyucu açıklama sırasında kılını bile kıpırdatmamış olan tek kişiydi; öylesine sarsılmaksızın oturuyordu ki, sanki o aşağılayıcı "Bu iş tamamdır!"ı hiç duymamıştı. Hiçbir şey olmadı. Hepimiz ister istemez nefeslerimizi tutmuş olduğumuzdan, hamle zamanının hesaplanması için masaya konulmuş olan saatin tik takları ansızın duyulmaya başlandı. Aradan üç dakika, yedi dakika, sekiz dakika geçti –Czentovic hiç kıpırdamıyordu, fakat bana, iç dünyasındaki zorlama yüzünden dolgun burun delikleri daha da büyümüş gibi geldi. Dostumuza da bu dilsiz bekleyiş bize olduğu kadar dayanılmaz geliyordu. Bir anda ansızın ayağa kalktı ve sigara salonunda aşağı yukarı gidip gelmeye başladı, önce ağır ağır, sonra biraz hızlı, en sonunda da iyice hızlı dolaşmaya koyuldu. Hepimiz ona biraz şaşkınlıkla bakmaktaydık, fakat hiç kimse benden daha tedirgin değildi, çünkü bu bir aşağı bir yukarı yürüyüşün bütün şiddetine rağmen adımlarının hep aynı uzam parçasını ölçmekte olduğu dikkatimi çekmişti; sanki her defasında boş odanın ortasında onu geri dönmeye zorlayan görünmez bir engele çarpıyordu. Ve tüylerim ürpererek anladım ki, bu gidiş geliş kendisi bilincine varmaksızın bir zamanlarki hücresinin bir röprodüksiyonunu çıkarmaktaydı: Hapis kaldığı aylar boyunca, tıpkı kafese kapatılmış bir hayvan gibi, böyle aşağı yukarı koşuşturmuş olmalıydı, tıpkı şimdiki gibi elleri birbirine kenetlenmiş, omuzları da büzülmüş olmalıydı; evet, orada böyle, başka türlü değil, hep böyle, donuk, ama ateşli bakışlarında deliliğin kırmızı ışıklarıyla birlikte belki bin kez gidip gelmiş olmalıydı. Fakat düşünebilme yetisi göründüğü kadarıyla henüz kusursuz işliyordu, çünkü arada sırada Czentovic'in kararını verip vermediğine bakmak için sabırsızlıkla masaya dönüyordu. Fakat aradan dokuz, sonra da on dakika geçti. Ve sonunda hiçbirimizin beklemediği şey oldu. Czentovic, o zamana kadar hareketsiz masada duran ağır elini yavaş yavaş kaldırdı. Hepimiz gergin vaziyette kararını bekliyorduk. Ama Czentovic herhangi bir hamle yapmadı, elinin tersiyle ve kararlı bir hareketle bütün taşları tahtanın dışına itti. Ne olduğunu ancak bir saniye sonra anlayabildik: Czentovic oyunu bırakmıştı. Hepimizin önünde açıkça mat durumuna düşmemek için teslim olmuştu. Olanaksız gibi gözüken olmuş, dünya şampiyonu olan kişi, sayısız turnuvanın galibi, adı sanı bilinmeyen bir adamın önünde, yirmi- yirmi beş yıldır elini tek bir satranç tahtasına sürmemiş olan birinin önünde teslim bayrağını çekmişti. Burada adsız ve tanınmayan biri olan dostumuz, yeryüzünün en güçlü satranç oyuncusunu herkesin önündeki mücadelede yenilgiye uğratmıştı!

Heyecanımızdan dolayı farkına varmaksızın birer birer ayağa kalkmıştık. Her birimizde, sevinçli gerginliğimizden kurtulmak için bir şey söylemek ya da yapmak gerekiyormuş duygusu vardı. Hareketsizliği içerisinde sükûnetini bozmayan tek kişi Czentovic'di. Ancak aradan uygun bir süre geçtikten sonradır ki, başını kaldırdı ve buz gibi bakışlarını dostumuza dikti.

"Bir parti daha?" diye sordu.

"Elbette," diye yanıt verdi Dr. B. bana nahoş gelen bir heyecanla, ben daha kendisini sadece tek bir parti oynama niyeti konusunda uyaramadan hemen oturdu ve ateşli bir aceleyle taşları yeniden dizmeye başladı. Taşları bir araya getirmekte öyle telaş ediyordu ki, piyonlardan biri iki kez titreyen parmaklarının arasından yere kaydı; onun doğal sayılamayacak heyecanı karşısında daha önce duyduğum nahoş tedirginlik, yerini bir tür korkuya bırakıyordu. Çünkü daha önce onca sessiz ve sakin olan dostumuz, şimdi gözle görülebilir biçimde bir tür isteriye kapılmıştı; dudağının kenarındaki titreme gittikçe sıklaşmaktaydı ve bedeni de sanki ani bir ateşli nöbete yakalanmış gibi sarsılıyordu.

"Hayır!" diye fısıldadım kendisine. "Şimdi olmaz! Bugün için yeter! Sizin için çok zor olacak."

"Zor! Öyle mi!" diye güldü yüksek sesle ve kötücül bir ifadeyle. "Bu kağnı temposuna ayak uydurmak yerine on yedi parti oynayabilirdim! Benim için zor olan tek şey, böyle bir tempoda uyuyakalmamak! –Evet! Başlayın artık bakalım!"

Bu son sözcükleri sert, neredeyse kaba bir tonda Czentovic'e söylemişti. Hasmı, sakin ve ölçülü bir ifadeyle ona baktı, ama buz gibi bakışında sıkılmış bir yumruğu andırır bir şey vardı. Ansızın iki oyuncu arasında yeni bir şey ortaya çıkmıştı; bu, tehlikeli bir gerilim, öldüresiye bir nefret atmosferiydi. Artık ortada becerilerini birbirlerinde oyun oynarcasına sınamak isteyen iki taraf değil, fakat karşılıklı olarak birbirlerini yok etmeye ant içmiş iki düşman vardı. Czentovic ilk hamleyi yapmazdan önce uzun süre durakladı ve ben de çok net bir biçimde onun kasten bu kadar ağırdan aldığı duygusuna kapıldım. Göründüğü kadarıyla bu deneyimli taktik ustası, hasmını yoran ve kafa karışıklığına iten asıl nedenin kendi ağır temposu olduğunu anlamıştı. Bu yüzden açılışların en normalini, en basitini yaparken, yani şahın önündeki piyonu hep alışılageldiği gibi iki kare öne iterken, en aşağı dört dakika bekledi. Dostumuz hemen kendi şahının önündeki piyonla ona karşı çıktı, ama Czentovic yine sonsuz, neredeyse dayanılması olanaksız bir bekleme süresi kullandı; bu, şiddetli bir şimşek çakmasının ardından gök gürültüsünün beklenmesi, fakat beklenenin bir türlü gelmemesi gibi bir durumdu. Czentovic kılını bile kıpırdatmıyordu. Sessizce, ağırdan ve hep daha kesin olarak hissettiğim üzere, kötü niyetli bir ağırdan almayla düşünmekteydi; fakat onun bu tavrı bana bu arada Dr. B.'yi gözlemem için bol bol zaman bırakmıştı. Dostumuz, üçüncü bardak suyunu içmişti; elimde olmaksızın hücrede çektiği o ateşli susuzluğa ilişkin olarak bana anlattıklarını hatırladım. Anormal bir heyecanın bütün belirtilerini veriyordu; alnının nemlendiğini, elindeki yara izinin de öncekinden çok daha kızarık ve belirgin olduğunu görüyordum. Ama hâlâ kendini dizginleyebiliyordu. Ancak dördüncü hamlede Czentovic yeniden uzun uzun düşünmeye koyulduğunda, artık kendini tutamadı ve ani bir çıkış yaptı: "Oynasanıza artık!"

Czentovic başını kaldırıp soğuk bir ifadeyle baktı. "Bildiğim kadarıyla hamle süresini on dakika diye kararlaştırmıştık. Ben ilke olarak daha kısa sürede oynamam."

Dr. B., dudaklarını ısırdı; masanın altında tabanıyla yere nasıl gittikçe daha tedirgin vurmaya başladığını fark ettim ve onun iç dünyasında anlamsız bir şeylerin oluşmaya başladığı önsezisinin bunalımıyla ben de engelleyemediğim bir sinirli havaya girdim. Gerçekten de, sekizinci hamle sırasında bir olay oldu.

Hep büyük bir sabırsızlıkla beklemiş olan Dr. B., artık gerginliğini dizginleyemedi; yerinde sağa sola kaydı ve parmaklarıyla farkına varmaksızın masada trampet çalmaya başladı. Czentovic, iri köylü kafasını bir kez daha kaldırdı.

"Parmaklarınızla vurmamanızı rica edebilir miyim? Beni rahatsız ediyor. Böyle oynayamam."

"Ya!" diye güldü Dr. B. kısaca. "Görülüyor zaten."

Czentovic'in alnı kızarmıştı. "Ne demek istiyorsunuz?" diye sordu sert ve kızgın bir ifadeyle.

Dr. B. bir kez daha kısa ve kötücül bir ifadeyle güldü. "Hiç. Sadece görüldüğü kadarıyla çok sinirli olduğunuzu belirtmek istemiştim."

Czentovic sustu ve başını eğdi.

Bir sonraki hamlesini ancak yedi dakika sonra yaptı ve oyun, bu öldürücü tempoyla, sürüklenircesine devam etti. Czentovic, sanki gittikçe daha çok taş kesilmekteydi; sonunda herhangi bir hamleye karar vermezden önce hep kararlaştırılan düşünme süresinin tamamını kullanmaya başladı ve dostumuzun tavrı da kullanılan her süreyle birlikte daha bir tuhaflaşır oldu. Sanki artık oyunla hiç ilgilenmiyordu da, çok farklı bir şeyle meşguldü. Oraya buraya koşuşturup durmayı bıraktı ve yerine çakılıp hiç hareket etmeden oturdu. İfadesiz ve neredeyse delice bakışlarını önündeki boşluğa dikmiş, kendi kendine sürekli olarak anlaşılmaz sözcükler mırıldanmaktaydı; ya sonsuz şıklara dalıp gidiyordu ya da –asıl kuşkulandığım da buydu– kafasında çok farklı oyunlar kuruyordu, çünkü Czentovic sonunda hamlesini yaptığında, Dr. B.'yi daldığı düşüncelerden geri dönmesi konusunda uyarmak gerekiyordu. Bunun ardından, yeniden içinde bulunulan durumla uyum sağlayabilmek için hep bir dakikaya ihtiyaç duyuyordu; aslında birdenbire herhangi bir şiddet eylemiyle boşalabilecek olan bu buz gibi deliliğin içerisinde Czentovic'i de, bizleri de çoktan unuttuğuna ilişkin kuşkum gittikçe güçleniyordu. Ve gerçekten de, on dokuzuncu hamlede, kriz baş gösterdi. Czentovic oynamak istediği taşı neredeyse daha hareket ettirmemişti ki, Dr. B. ansızın, satranç tahtasına doğru dürüst bakmaksızın, filini üç kare ilerletti ve hepimizi yerimizden fırlatacak kadar yüksek sesle bağırdı:

"Şah! Şaha şah diyorum!"

Özel bir hamle görme beklentisiyle hemen satranç tahtasına baktık. Fakat bir dakika sonra hiçbirimizin beklemediği bir olay oldu. Czentovic, başını çok, ama çok ağır kaldırdı ve –şimdiye kadar hiç yapmadığı bir şey yaparak– hepimizi tek tek süzdü. Bir şeyin keyfini sonsuz çıkarır gibiydi, çünkü dudaklarında giderek halinden memnun ve kötücül bir alay içerdiği açık bir gülümseme yayılmaya başlamıştı. Ancak bizler için tümüyle anlaşılmaz olan bu zaferinin tadını bütünüyle çıkardıktan sonradır ki, sahte bir nezaketle hepimize birden hitap etti:

"Özür dilerim –ama ben ortada şahlık bir durum göremiyorum. Acaba beylerden biri benim şahıma şah denilebilecek bir durum görüyor mu?"

Önce satranç tahtasına, sonra da tedirgin bir şekilde Dr. B.'ye baktık. Czentovic'in şahı –bunu bir çocuk bile görebilirdi– bir piyonla file karşı tümüyle korunmuş durumdaydı, yani şah denilebilmesi olanaksızdı. Hepimiz tedirgin olduk. Acaba dostumuz aceleyle bir taşı yanlış oynamış, fazladan bir kare ileri veya geri götürmüş olabilir miydi? Suskunluğumuz nedeniyle dikkati çekilen Dr. B. de şimdi bakışlarını satranç tahtasına dikmişti ve durmadan kekeliyordu:

"Fakat şahın f7'de olması gerek ... yanlış duruyor, tamamen yanlış yerde duruyor. Siz yanlış oynadınız! Bu tahtada her şey yanlış duruyor ... piyonun yeri g4 değil fakat g5 ... bu, çok başka bir oyuna ait... Bu..."

Ansızın durakladı. Şiddetle kolundan yakalamıştım veya daha doğrusu kolunu öylesine sert sıkıştırmıştım ki, o nöbeti andıran kafa karışıklığı içerisinde bile benim yakalayışımı hissetmişti. Döndü ve bakışlarını bir uyurgezer gibi bana dikti.

"Ne ... ne istiyorsunuz?"

Sadece, "Remember!"[8] dedim ve bunu söylerken aynı zamanda da parmağımla elindeki yara izine dokundum. Dr. B. ister istemez benim hareketimi izledi, gözleri cam gibi bakışlarla kan kırmızısı çizgiye dikilmişti. Ansızın titremeye başladı ve bütün bedeninden bir ürperti geçti.

"Aman Tanrım," diye fısıldadı solgun dudaklarıyla. "Ben saçma bir şey mi söyledim veya yaptım ... yoksa ben, sonunda yine ...?"

"Hayır," diye fısıldadım. "Fakat oyunu derhal bırakmalısınız, yoksa artık çok geç olur. Doktorun size söylediklerini hatırlayın!"

Dr. B. bir çırpıda ayağa kalktı. "Aptalca yanlışımdan dolayı özür dilerim," dedi o eski nazik ses tonuyla ve Czentovic'in önünde eğildi. "Söylediklerim elbette tamamen saçmaydı. Bu, tabii ki sizin oyununuz." Sonra bize döndü. "Beyefendilerden de özür dilemek

---

8 "Hatırla!"

zorundayım. Fakat sizleri daha en başta uyarmıştım, benden çok fazla şey beklememeniz gerekiyordu. Bu rezaleti bağışlayın –bu, satrançta kendimi son deneyişim oldu."

Eğildi ve sonra tıpkı ilk gelişindeki gibi, aynı sade ve esrarlı tavrıyla, çıkıp gitti. Bu adamın neden bir daha asla bir satranç tahtasına elini sürmeyeceğini bir tek ben biliyordum, ötekiler kafaları biraz karışmış olarak geride kalmışlardı, içlerinde sanki son anda nahoş ve daha tehlikeli bir durumdan kurtulmuşlar gibi belirsiz bir duygu vardı. "Damned fool!"[9] diye homurdandı McConnor uğradığı düş kırıklığıyla. Son olarak Czentovic yerinden kalktı ve yarıda kalmış olan oyuna bir kez daha baktı.

"Yazık," dedi yüce gönüllülükle. "Oysa hücum hiç de kötü düzenlenmiş sayılmazdı. Bir acemiye göre bu bey, aslında alışılmadık ölçüde yetenekli."

---

9 "Kahrolası budala!"

"Satranç" Üzerine

Satranç ("Schachnovelle"), Avusturyalı yazar **Stefan Zweig**'ın (1881-1942) ölümünden hemen önce tamamladığı birkaç düzyazı metinden biridir. Zweig, bu metni kaleme aldığı sırada, karısı Lotte Zweig'la birlikte göç ettiği Brezilya'da, evinin bulunduğu Petrópolis kentinde yaşamaktaydı. Neredeyse tamamı Nazi işgali altında olan Avrupa'dan önce İngiltere'ye, ardından Amerika Birleşik Devletleri'ne ve nihayet Brezilya'ya giden Zweig, gördüğü büyük ilgi nedeniyle, ayrıca Nazilerden artık çok uzak oluşunun sağladığı güvenlik duygusuyla, Brezilya'ya sürekli yerleşmeye karar vermişti.

Ne var ki hem paraca hem de güvenlik açısından hiçbir kişisel sorununun bulunmaması, Zweig'ı İkinci Dünya Savaşı'nın korkunç atmosferinden bütünüyle uzaklaştırmaya yetmedi. Basından ve Brezilya'ya gelip giden tanıdıklarından savaşın cereyanını ve Nazilerin Avrupa'daki ilerleyişlerini, bu arada Gestapo'nun tüyler ürpertici cinayetlerini titizlikle izleyen yazar, kendini giderek ağırlaşan bir karamsar atmosfere kaptırdı. Sonunda arkadaşlarına yazdığı bir mektupta, "Sizler yeni bir gün doğumunu bekleyebilirsiniz, benim buna gücüm kalmadı..." diyerek, 1942 yılında eşiyle birlikte hayatına son verdi. Ölmeden önce, dünya biyografi edebiyatında bir eşi daha olmayan "Montaigne" biyografisini de tamamlamış bulunuyordu.

Satranç, işte bu koşullarda ve böyle bir atmosferin damgasını taşıyan bir öykü. Metnin en baskın özelliklerinden birisi ise mimari kurgusunun bütünüyle Zweig'ın uçsuz bucaksız diye nitelendirilebilecek psikolojik analiz yeteneğini ve gücünü temel alması. Stefan Zweig, aynı dönemi paylaştığı hemen bütün Avrupalı yazarlar gibi, Orta Avrupa'nın zengin ve üretken "kozmopolit", yani çok kaynaklı kültüründen nasibini fazlasıyla almış olan edebiyatçılardandı. Bu kozmopolit kültür çerçevesinde, 19. yüzyılın son çeyreğinden başlayarak gittikçe hızlanan bir yükselme dönemini yaşayan psikoloji bilimi, yalnızca edebiyat alanında değil, fakat sanatın hemen bütün alanlarında yönlendirici ve belirleyici rol oynadı. Başta **Freud, Jung** ve **Adler** olmak üzere, çok büyük araştırmacıların yeni buluşları ve yöntemleri, sanatın temel konusu olan "insan"ın yepyeni ve yaşamın akışı içersinde çok daha gerçekçi bir görünümle betimlenmeye başlamasına yol açtı. Bu yeni durum, doğal olarak insanın hem içinde yer aldığı, hem de yaratıcısı olduğu toplumsal olaylara da kalıcı damgasını vurdu.

Stefan Zweig, çok geniş bir psikoloji birikimini uğraşında bütünüyle kullanmış ender yazarlardandır. Onun dünya edebiyatında bir biyografi yazarı olarak kazandığı haklı ünün temelinde de bu özelliği, yani yazarlığının yanı sıra çok usta bir psikolog olması yatar. Başta "Erasmus", "Montaigne", "Marie-Antoinette" ve "Fouché" olmak üzere, bütün biyografilerinde Zweig, ele aldığı kişiyi incelerken onun psikolojik niteliklerinden yola çıkar ve bu nitelikler ile içinde bulunulan dönemin karşılıklı etkileşiminden kaynaklanan genel bağlamı sergiler. Böyle bir betimlemeyle karşılaşan okur ise, anlatılan kişinin "biriciklik" niteliği ile tarihin oluşumu arasındaki ilişkiyi çözme olanağına kavuşur.

Satranç, Zweig'ın biraz önce sözünü ettiğimiz psikolojik birikimini bütünüyle devreye soktuğu bir öyküdür ve bu öykünün baş kişileri, tamamen yazarın biyografilerinde ele aldığı kişileri işleyiş biçimiyle sergilenmiştir. Bu metninde, Goethe'nin "klasik öykü kuramı"na bağlı kalan ve bu kuramın temel koşulu olan "duyulmadık bir olayın sanatsal düzlemde işlenmesi" ilkesi doğrultusunda bir anlatı mimarisi oluşturan yazar, olay yeri olarak da New York'tan Buenos Aires'e gitmekte olan bir yolcu gemisini seçmiştir. Bu gemide tamamen rastlantı sonucu karşılaşan üç kişi, yani yeni dünya satranç şampiyonu Mirko Czentovic, sıradan bir satranç oyuncusu olan anlatıcı ve bir zamanlar çok usta bir satranç oyuncusu olan, ama hayli zamandır satrançtan uzak kalmış bulunan Dr. B., öyküdeki "duyulmadık olay"ın aktörleridirler. Ancak "duyulmadık olay", şimdiki zamana değil, fakat geçmişe aittir. Çünkü Dr. B., mükemmel bir satranç oyuncusu olmasını ve ilk maçta dünya şampiyonu Czentovic'i yenmesini, geçmişindeki son derece sıra dışı bir olaya borçludur. Asıl mesleği avukatlık olan Dr. B., büyük manastırların ve bu arada eski Avusturya hanedanı üyelerinin malvarlıklarını yönetmektedir. Bu işini Avusturya'nın Naziler tarafından işgalinden sonra da sürdüren Dr. B., malvarlıklarına el koymak isteyen

Gestapo tarafından tutuklanır. Ancak Gestapo, avukatı konuşturmak için son derece sıra dışı bir yöntem kullanır. Dr. B., zindana atılıp işkenceden geçirilecek yerde normal bir otel odasına yerleştirilir, fakat bu odada dış dünyadan mutlak anlamda tecrit edilir. Herhangi biriyle konuşması, haberleşmesi, odasında herhangi bir yayın bulundurması, kâğıt ve kalem kullanması kesinlikle yasaktır. Yaşamındaki tek değişiklik, arada sırada sorguya götürülmesidir. Ama bu sorgular dışında Dr. B., tam anlamıyla bir boşluğun, kendi deyişiyle bir "hiçliğin" içerisinde, zaman ve mekân dışı bir yaşam sürer. Bu tecrit durumundan ötürü artık ruhsal dengesini yitirmenin eşiğine geldiği sırada götürüldüğü bir sorguda sırasını beklerken, birinin asılı duran pardösüsünün cebindeki kitabı –ne kitabı olduğunu bilmeksizin– çalar. Odasına geri götürüldüğünde, kitabın, içinde yüz elli adet değişik satranç partisinin bulunduğu bir tür satranç ders kitabı olduğunu anlar. Artık Dr. B. için o korkunç tecrit durumu son bulmuştur. Her gün bu satranç partilerinden birkaçını tekrar eder. Hepsini ezberledikten sonra ise yenilerini kendisi kurgulamaya başlar. Ancak bunu yapabilmek için, siyah ve beyaz taşlara göre, doğal olarak birbirinin hasmı olan iki farklı kişilik geliştirmek zorunda kalacaktır.

Bu noktadan öykünün şaşırtıcı sonuna kadarki süreç, aynı zamanda faşizmin insan ruhu üzerindeki baskısının ne korkunç sonuçlar verebileceğinin ve bireyin böyle bir baskı altında ne ölçüde parçalanabileceğinin anlatımını içerir. Dr. B., geçmişindeki bu korkunç dönemden ötürü "kurtuluşundan" sonraki yaşamında, zaman zaman akıllı mı, yoksa deli mi olduğunu tam bir kesinlikle söyleyemediği bir konuma gelmiştir.

20. yüzyılda Avrupa edebiyatının en önemli deneme yazarlarından biri olan ve bir süre Nazilerin toplama kamplarında kalan Avusturyalı Jean Améry (1912-1978), toplama kamplarına ait izlenimlerini dile getirdiği bir denemesinde, bu kamplara gönderilen bir aydın için gerçekleşen ilk sonucun "entelektüel ölüm" olduğundan söz eder. Zweig'ın *Satranç* başlıklı eseri, edebiyat alanında böyle bir "entelektüel ölüm" üzerine kaleme alınmış en yetkin metinlerden biridir.

Ahmet Cemal